AL DIAVOLO IL TARGET!

Perché questo libro

È mattina. Sono in ufficio da due ore e ho appena finito di leggere, smistare, archiviare, rispondere alle settantotto mail che ho ricevuto da ieri sera. Tra poco arriverà a trovarmi un mio vecchio compagno di scuola, che adesso fa l'architetto, a cui voglio chiedere un consiglio su un progetto di trasloco dei nostri uffici che stiamo valutando.

Come Direttore delle Risorse Umane sono anche responsabile dei servizi generali e mi è stato affidato questo progetto di trasloco che proprio non mi stimola; comunque va fatto.

Non era un bel periodo quello che stavo vivendo. Ero stato operato al ginocchio per la quinta volta e avrei dovuto rimanere a casa per riposare e fare una corretta riabilitazione, ma il secondo giorno dal mio rientro a casa dall'ospedale l'avevo passato sdraiato sul letto, in una conf-call di otto ore, per discutere di un progetto di miglioramento che dei gruppi di lavoro, da me coordinati, stavano portando avanti a seguito dei risultati di un'indagine di clima Worldwide a cui avevamo partecipato. Come coordinatore non potevo certo mancare alla riunione in cui si presentavano le idee per migliorare e volevo esserci.

Però riuscire a stare otto ore a letto (in realtà c'era stata una pausa pranzo, ma io ero steso immobile e quindi non mi ero alzato se non per i bisogni primari) a cercare di rimanere concentrati su voci che arrivano distant da un telefono, voci che sono quelle dei tuoi colleghi che hanno lavorato sul progetto mettendoci il loro impegno perché sperano che qualcosa possa cambiare, è una fatica immane!

Dopo quel giorno ho pensato che era meglio tornare in ufficio al più presto, con le mie stampelle, perché almeno mi sarei sentito meno in colpa.

Erano dodici anni che facevo l'HR Director (chissà perché dirlo in inglese lo fa apparire un mestiere più nobile). Questa era la quarta azienda multinazionale cui ero approdato in una corsa sempre più determinata verso la dirigenza, la carriera, lo status, i benefit. E fino ad allora mi ero sentito figo per quello che avevo raggiunto. Ogni cambio una promozione, più soldi, una macchina più bella e l'accesso ai ruoli più importanti. Avevo sempre cambiato per trovare nuovi stimoli, ma quest'ultima volta il cambio era avvenuto perché una farmaceutica più grande di quella in cui lavoravo ci aveva acquisito per portarsi a casa un farmaco che dava profitti multimilionari e, per la prima volta, avevo vissuto sulla mia pelle una fusione con tanto di dichiarazioni sulle sinergie, gruppi di lavoro misti per l'integrazione, piani di sviluppo per i talent e finale riorganizzazione in cui abbiamo lasciato a casa un sacco di persone, dando loro un incentivo estremamente interessante (ovviamente con l'accordo sindacale!).

Dal mio rientro in ufficio però qualcosa era cambiato, a parte le stampelle.

Non ricordo quale fosse l'obiettivo che non avevo raggiunto, ma ricordo che il mio capo, una bomba di energia e di determinazione che adesso è Marketing Vice President Worldwide uanagana-wow-wow in qualche multinazionale, iniziava a "stimolarmi" per fare di più mentre a me sembrava già di dare tantissimo.

Il fatto è che dal suo punto di vista aveva ragione perché io alle sette di sera cominciavo a essere stanco e durante il week-end volevo solo riposare, mentre lui riusciva a uscire la sera a cena con i clienti più importanti, partecipava a congressi per fare networking, completava tutti i progetti che l'Headquarter gli affidava e aveva una motivazione a crescere che lo pompava di quella energia che a me iniziava a mancare.

Fatto sta che mi ritrovavo spesso in staff meeting (sapete quelle riunioni in cui il management dell'azienda si ritrova periodicamente per discutere della strategia aziendale) e mentre le slides si susseguivano (*prima vediamo i dati vendita, poi i dati finanziari, poi il marketing e, se rimane tempo, ci occupiamo del performance appraisal e del progetto sui talenti –* che tra l'altro riguardava un solo dipendente in Italia) io guardavo fuori dalla finestra e mi chiedevo: "Perché sono qui? Perché non sono fuori a passeggiare in un parco e a godermi la vita? Che cosa me ne frega se siamo sotto al target del 2%? Target che, tra l'altro, non abbiamo definito noi come avremmo dovuto secondo una corretta policy bottom-up? E poi è il quinto anno che cresciamo a doppia cifra!".

E quando hai questi pensieri è un segnale che la tua carriera in azienda sta finendo.

Io mi sforzavo di trovare la motivazione nel fatto che, se avessi raggiunto i miei obiettivi, avrei potuto diventare European HR Vice President e andare per qualche anno a Bruxelles per poi, boh…

Ma questo pensiero non mi motivava affatto. Al contrario, mi spaventava e mi angosciava. A Bruxelles? E spostare i miei figli e la mia famiglia per allontanarli dai nonni, amici, compagni? E lo stesso per me: lasciare amici, genitori, passioni, per cosa?

Ecco! Se un HR Director ha questi pensieri, allora è meglio che lasci l'azienda. Ed in effetti è quello che avvenne qualche mese dopo. Ma torniamo alla mattina di cui stavo raccontando.

Entra la mia segretaria in ufficio e mi dice che è arrivato l'architetto Pironi. Dopo qualche minuto il Bing (è un mio compagno di scuola e non lo chiamo certo architetto Pironi! Lo chiamo con il suo soprannome che ormai è la sua identità) entra, mi saluta ed essendo architetto squadra il mio ufficio con aria perplessa. Il mio ufficio è un tipico ufficio di una manager nell'anno 2001: scrivania color panna con sedia nera; piccolo mobiletto porta stampante a lato; armadi incassati nel muro, anch'essi color panna, e tavolo tondo, per accogliere le persone senza far sentire la differenza di ruolo, su cui sono accatastati Sole 24 ore e riviste di settore che prima o poi dovrò leggere per la mia autoformazione.

Lui guarda perplesso, non dice niente, ma io capisco benissimo che sta pensando: "Cavolo, che posto squallido!".

Dopo esserci seduti e aver ricordato alcuni episodi della nostra gioventù, lui mi chiede come va e io non posso mentire al mio compagno di banco. Gli dico che va di merda. Che mi sento stanco, svuotato, che non riesco più a trovare le soddisfazioni che avevo prima nel fare le stesse cose che faccio adesso, ma che non saprei cos'altro fare perché ho uno stipendio, un bonus, la macchina aziendale, le assicurazioni e due figli.

Lui mi ascolta e poi, con aria di sincera pena, mi dice: «Pisnas (lui mi chiama così, ma non chiedetemi il motivo perché è una storia troppo lunga da raccontare) ti stai ingrigendo!».

Ti stai ingrigendo.

Pisnas, ti stai ingrigendo…

In quel momento ho visto il mio corpo che diventava più brutto e ingobbito, la mia pelle farsi di un colore pallido, come quello dei morti, il mio sorriso svanire, la mia gioia di vivere venire meno. E ho pensato che il Bing aveva ragione. Stavo ingrigendo e non c'era soluzione a questo tracollo, se non un taglio netto che è quello che sono riuscito a dare qualche mese dopo lasciando l'azienda e diventando un formatore.

E adesso che faccio il formatore e coach incontro tantissime persone che lavorano in azienda (e ne ho conosciute davvero tante in ventisei anni di attività) e in molti di loro vedo lo stesso grigiore che si stava impossessando di me.

A volte è la stessa tristezza che sentivo io quando ero in azienda; a volte è un velo che si dissolve rapidamente quando si inizia a parlare di business; a volte è una trama sottile ma robusta che rimane in sottofondo ma si percepisce in ogni riflessione e discorso; a volte è un fiume in piena che aspetta solo un varco per rompere l'argine e seguire il percorso che gli sarebbe naturale.

A volte non è la stessa tristezza che provavo io, ma può essere delusione, rabbia. A volte è frustrazione, magari stanchezza passeggera, ma sta di fatto che io incontro un sacco di gente che non è contenta della sua vita in azienda. Che accetta questa condizione perché, come dice un prof con cui ho avuto la possibilità di collaborare, stanno "monetizzando la sfiga". Stanno facendo qualcosa che ha il solo scopo di dar loro lo stipendio.

E se penso che come esseri umani siamo naturalmente portati a ricercare il benessere e la felicità e non il grigiore dell'insoddisfazione, allora c'è qualcosa che non mi quadra.

Voglio dire: tra queste persone che ho conosciuto ce ne sono un sacco ricche intellettualmente, simpatiche, piene di energia e di spirito, in grado di fare cose fantastiche della loro vita, belle persone insomma, che in azienda si intristiscono, ingrigiscono e lasciano che accada. E non è una questione di colpa o di coraggio o di fortuna. Io sono giunto alla conclusione che è l'organismo azienda che ingrigisce e intristisce!

E non riesco a farmene una ragione! Vorrei reagire. Vorrei fare qualcosa per impedire che questo accada perché anch'io mi nutro dell'azienda e ho bisogno di soldi. Ma così non può andare avanti.

La continua sensazione di essere sotto pressione. L'incremento di mail, progetti, conf-call, video conf-call che non ti lasciano il tempo di respirare, riflettere, pensare. Il difficile work-life balance. La sottile minaccia di riorganizzazioni che ti faranno perdere il posto. L'incoerenza tra ciò che le mission, le vision, i credo aziendali dichiarano e i comportamenti che invece ti vengono richiesti quotidianamente. L'amara riflessione che stai facendo qualcosa il cui solo scopo è quello di aumentare il profitto per gli azionisti. Il malessere spirituale che ti porta a chiederti se è questo lo scopo della tua vita: vendere prodotti, fare fatture, recuperare il credito?

Molti dei libri e saggi che ho letto propongono riflessioni e soluzioni a questi problemi (se foste interessati a leggerli li trovate nella bibliografia finale). Dovremmo disincantare il lavoro per renderlo un mezzo e non un fine. È purtroppo indicativo avere termini come "dipendenti", "tempo libero" per differenziarlo appunto da quello "subordinato". Dovremmo ritrovare un senso oltre al profitto, ad esempio nel capitalismo sociale. La soluzione è lavorare sui valori morali. Ognuno di noi dovrebbe prendere consapevolezza e assumersi la responsabilità individuale del proprio benessere. La riscoperta delle emozioni ci porterà a una nuova civiltà. Il multitasking non funziona. Avremmo bisogno di riposo e meditazione. Dovremmo investire di più nella ricerca della nostra felicità.

Ma più leggo, più mi sembra che le cose vadano nel senso sbagliato. Più mi chiedo perché siamo disposti ad accettare di vivere buona parte delle nostre esistenze in sistemi organizzativi che non ci danno la felicità di cui abbiamo bisogno, più mi viene voglia di ribellarmi, di urlarlo, di fare qualcosa perché le cose cambino.

Non credo che l'unica soluzione sia quella che ho scelto io e cioè di andarmene dall'azienda, salvo poi aver bisogno delle aziende per poter a mia volta fatturare e sostenere la mia famiglia.

So però che non è incoraggiante da un punto di vista personale, sociale ed evolutivo, incontrare persone piene di potenzialità che si lasciano ingrigire dall'azienda in cui lavorano.

Ultimamente mi capita spesso di fare un'osservazione. Quando per lavoro incontro persone conosciute, alla domanda "come va?" le risposte che ricevo, pur se espresse in maniera diversa e personale, possono essere riassunte in una frase: "mah, abbastanza bene".

Mi capita raramente di sentirmi rispondere "molto bene grazie!", "ottimamente", "splendidamente" oppure semplicemente un "bene" sincero.

All'inizio, dopo questa risposta, abbozzavo un sorriso di comprensione e mi spostavo velocemente sul motivo professionale del nostro incontro.

Chi ha voglia di sentire perché le cose vanno abbastanza bene?! Abbiamo già tanto di cui preoccuparci personalmente che sarebbe da autolesionisti preoccuparci anche degli abbastanza altrui.

Poi un giorno, forse perché annoiato dai soliti motivi professionali (tanto gli argomenti e le risposte che si sentono oggi in azienda sono standard e non sono entusiasmanti), ho chiesto: "perché abbastanza?".

Può darsi che sia stato il sincero interesse che ho mostrato nel porgere questa seconda domanda, come può darsi che sia stata la sensazione che sono riuscito a dare di qualcuno davvero curioso e disposto ad ascoltare, fatto sta che la mia interlocutrice mi ha guardato stupita e si è soffermata sulla mia curiosità. Poi mi è sembrato che si fermasse a riflettere su quell'abbastanza per capire se la sua fosse stata una risposta standard, quelle che si danno in automatico per tenere una posizione sociale equilibrata e professionale, oppure se esprimesse davvero il suo stato d'animo.

Esprimeva davvero il suo stato d'animo.

Allora ha preso sul serio la mia domanda e ha risposto sinceramente.

Il motivo di quell'abbastanza era la situazione aziendale che stava vivendo: avevano una riorganizzazione in atto e stava per gestire un processo di mobilità. Non era certo quello il momento migliore per lei in azienda e nemmeno per parlare di sviluppo e formazione.

Poi abbiamo iniziato a parlare della mia esperienza, di come fossi felice di aver fatto la mia scelta, della sua voglia di uscire dall'azienda per far qualcosa di suo, ma dell'impossibilità economica di farlo adesso. Abbiamo parlato da persona a persona e a entrambi è piaciuto.

E così ho capito che forse non sono l'unico a notare questa tristezza che le aziende provocano. Che parlandone magari non si riesce a trovare la soluzione, ma si gettano i semi perché qualcuno prima o poi la trovi. Che la presa di consapevolezza potrebbe farci capire che se vogliamo impedire che le aziende ci rendano tristi, dobbiamo essere noi a fare qualcosa.

Ho anche pensato che forse sono io ad avere un pregiudizio verso l'azienda oppure che la gente non si dichiara felice quando ci si incontra per lavoro per non sembrare strana (del resto il lavoro è fatica!), oppure che vedo poca gente felice in azienda perché sono sfigato io.

Ma le emozioni non mentono. Di persone felici grazie alle aziende ce ne sono poche!

E questo mi intristisce e ho deciso di scrivere questo libro. Non sono uno scrittore professionista ma ho immaginato una storia, ispirato dalla mia esperienza personale e dalle persone che ho conosciuto in azienda, per raccontare cosa intendo quando dico che l'azienda rende tristi.

Nei personaggi di questa storia c'è una parte di me, di come sono, sono stato, potrei essere e c'è tanto delle persone che ho conosciuto, di come le ho viste o immagino che siano.

Può darsi che le situazioni che racconto non provochino in chi legge le stesse sensazioni che provo io, ma questo è il modo in cui le vedo e sono sicuro che anche altri le vedono così.

Credo possa anche esserci una legittima obiezione: "Ma perché l'azienda dovrebbe rendere felici le persone? Il suo scopo è quello di produrre un profitto e, grazie a questo, permettere ai dipendenti di guadagnare. La felicità è una responsabilità personale, non aziendale".

Corretto. Ma almeno dovremmo impedire che ci renda infelici.

Io ho due figli che studiano. E se dovessi consigliare loro di scegliere un lavoro, non mi sentirei di dire: "Va' a lavorare in azienda perché lì potrai esprimere il tuo potenziale ed essere felice".

Non ce la faccio. Non mi sentirei sincero.

Eppure ci sono stati momenti in cui in azienda mi sono sentito davvero coinvolto, partecipe, vicino, felice. Momenti in cui cercare di raggiungere un obiettivo con la collaborazione di altri mi ha motivato. In azienda ho conosciuto persone che mi hanno insegnato tanto e che ancora adesso mi stimolano a migliorarmi.

Non sarebbe bellissimo per la nostra società se le aziende riuscissero sempre a fare sentire così i loro dipendenti? Questo è il mio augurio, il mio stimolo, il mio sforzo.

HEADQUARTER

Bill

Bill è sempre stata una persona elegante.

Anche questa mattina, prima di recarsi al lavoro, ha scelto con cura i vestiti da indossare. Pantaloni, camicia, maglione, scarpe, cintura, orologio; tutti coordinati, tutti di marca, tutti costosi.

L'eleganza per Bill è una questione di approccio alla vita. Indica buon gusto, equilibrio, autostima, ricchezza. Sono i valori che lo hanno motivato fin dai tempi dell'università e che lo hanno portato a diventare a quarantadue anni il Chief Financial Officer di una delle più importanti multinazionali al mondo. E sono i valori che porta avanti con coerenza in tutti gli aspetti della sua vita e che cerca di insegnare alle sue due figlie.

Entrambe studiano in un college privato ed entrambe, con grande soddisfazione di Bill, frequentano ragazzi dell'alta società che sicuramente le stimoleranno a essere sempre all'altezza. E se per questo è necessario spendere una buona parte del suo stipendio in rette scolastiche, shopping di classe, estetisti, associazione a club esclusivi, vacanze di lusso, partecipazione a eventi mondani, Bill sa che ne vale la pena perché queste spese sono un investimento per il loro futuro.

Da quando si sono trasferiti per il nuovo ruolo di CFO, Bill vuole dimostrare alla sua famiglia che è stata una scelta giusta. Le ragazze non erano d'accordo perché non volevano lasciare i loro amici e nemmeno sua moglie era entusiasta all'idea di doversi nuovamente trasferire. Lasciare le sue amiche, la palestra, gli hobby, le abitudini a cui si era ormai affezionata.

Ma Bill sapeva che la loro era solo pigrizia e abitudine. E sapeva anche che dopo poco tempo si sarebbero adattate alla nuova situazione. Soprattutto se avessero trovato la villa che avevano sempre sognato! E la villa in cui vivevano ora era realtà. Avevano finalmente tutto quello che avevano sempre desiderato fin da piccole. Una stanza ciascuna così grande da poterci mettere una cabina armadio. Un bagno tutto per loro con la vasca idromassaggio. Una sala suddivisa in tre parti tutte comunicanti tra loro, ma chiaramente adibite a diversi momenti della vita familiare: la zona dove guardare la TV comodamente sdraiati su divani e poltrone così numerose da poter cambiare posto ogni sera; la zona dove cenare, sia in piedi che comodamente seduti a tavola quando si invitano parecchi amici per le feste che non devono mancare mai; la zona dove conversare amabilmente sentendo musica che proviene dal fantastico impianto di ultima generazione; infine l'ampio giardino dove passare le giornate di sole. Manca solo la piscina che avevano sempre sognato, ma è solo una questione di tempo, pensa Bill.

Quando si sono trasferiti non erano riusciti a trovare una villa con tutte le caratteristiche che cercavano e che avesse anche la piscina. Ma Bill ha già ingaggiato una ditta per la sua costruzione in giardino e manca poco a completare l'opera.

Ha fatto i conti e con il prossimo bonus che riceverà potrà finalmente dare il via ai lavori e allora sicuramente le sue figlie e sua moglie non gli rinfacceranno più di averle fatte muovere solo per inseguire la sua carriera!

Stamattina però, mentre si vestiva, Bill ha iniziato ad avere un brutto presentimento. I report che sono arrivati la scorsa settimana dall'Europa non sono incoraggianti e se il report di fine quarter che arriverà oggi confermerà l'andamento significa che sono 5% sotto il target e che questo 5% difficilmente si potrà recuperare nei prossimi quarter. E se non verrà recuperato addio al target, al bonus, alla piscina, almeno per quest'anno.

L'arrivo in ufficio quindi non è dei più sereni.

La sua segretaria gli ricorda quali sono gli appuntamenti della giornata, ma Bill la segue distrattamente e si dirige alla sua scrivania senza fermarsi ad ascoltarla perché vuole scaricare tutti i report che puntualmente arrivano da ogni nazione dove opera la multinazionale.

Ormai Bill ha imparato, dopo anni di esperienza in diversi ruoli amministrativi e finanziari, a individuare immediatamente i dati che servono per sapere se i risultati arriveranno o non arriveranno ed è difficile che sbagli perché i dati non mentono. Bisogna saperli leggere e interpretare, ma non mentono. E ne bastano davvero pochi per capire.

Bill segue l'ordine consueto per leggere i report, ma quest'oggi vorrebbe tanto essere meno rigido con se stesso e tralasciare le aree che sa non stanno dando problemi, ma è una questione di ordine. Il file in excel che ancora utilizza per le sue analisi personali è stato impostato in quel modo e sarebbe strano non seguire l'ordine che si è dato, ma Bill oggi è ansioso e inserisce i numeri senza soffermarsi ad analizzarli come ha sempre fatto. Lo farà dopo perché a lui interessa l'Europa.

Ancora poche aree e poi ci siamo, pensa Bill.

Quando finalmente arriva al report dell'Europa, Bill cerca subito il dato che più gli interessa: il Margine Operativo Lordo. Quest'anno per raggiungere il MOL che è stato definito dal CDA è necessario che l'Europa raggiunga il suo target perché non c'è altro modo per raggiungere il MOL complessivo se non attraverso l'Europa.

Il lancio del nuovo prodotto è avvenuto in Europa ed è da lì che devono arrivare i risultati.

Bill lo trova e... SHIT!!!

Come sospettava. Anzi peggio! L'Europa è sotto del 6% rispetto al target! E non c'è più niente che si possa fare. Recuperare nei prossimi tre quarter per arrivare al target annuale è impossibile!

FUCK! Pensa Bill. E il suo primo pensiero va al suo bonus, alla piscina, all'impossibilità di andare dalle sue ragazze e dare la notizia così come se l'era immaginata. A colazione avrebbe annunciato che la sera sarebbero andati tutti fuori a cena perché aveva una sorpresa da comunicare e avrebbe resistito sorridendo alle pressioni delle sue bambine per sapere subito quale fosse la sorpresa. Avrebbe strizzato l'occhiolino a sua moglie, ma senza dire nemmeno a lei quale era la sorpresa e sarebbe uscito di casa per andare a lavoro come se nulla fosse. Aveva già pensato a come dare l'annuncio a cena. Le avrebbe stimolate a ricordare cosa sognavano da piccole facendo loro scoprire che man mano aveva realizzato i loro sogni e le avrebbe condotte con le sue domande fino alla piscina. A quel punto avrebbe tirato fuori i pacchetti per ognuna di loro. Ogni pacchetto conteneva un meraviglioso costume arrotolato nel disegno della piscina che entro pochi mesi avrebbero costruito.

E adesso, per colpa dell'Europa, il suo sogno non si poteva più realizzare!

Bill rimane seduto alla sua scrivania per qualche minuto, accasciandosi sulla sedia e strofinandosi nervosamente le mani sugli occhi e nei capelli per trovare la forza per alzarsi e andare da Ray a dargli la notizia.

Ray

Come posso stupirla? Pensa Ray mentre accende il pc nel suo ufficio.

L'ha conosciuta all'ultima Convention organizzata per ringraziare gli sponsor e ha subito notato il modo in cui lo guardava mentre stava facendo il suo discorso di ringraziamento.

Alla fine del suo intervento, durante il buffet, le si è avvicinato sorridendo, sicuro che sarebbe stato un incontro interessante. Lo sguardo di prima lo conosceva bene. Era lo sguardo di una donna sicura, in carriera, che sa riconoscere il potere, chi lo detiene ed è interessata a condividerlo anche divertendosi. Le donne di questo tipo lo hanno sempre intrigato.

A partire dalla sua prima moglie, che dopo il divorzio ha immediatamente ritrovato la vita che cercava nelle braccia di un facoltoso avvocato, fino alla sua attuale moglie, che ricopre incarichi di prestigio in diverse aziende nel campo della moda.

Ray pensava finalmente di aver trovato la donna giusta, ma dopo i primi anni di spensierata condivisone e accettazione degli sforzi che ciascuno stava facendo per la propria carriera, con la nascita della prima figlia erano nati i primi contrasti che permanevano tuttora e che gli facevano pensare che la loro storia si era ormai deteriorata irrimediabilmente.

È anche per questo che Ray non riusciva a resistere al fascino di donne come quest'ultima. Vispa, intelligente, dotata di un grande senso dell'umorismo. Un corpo fantastico, rassodato da intensa attività sportiva e un'eccellente cura estetica. Consapevole dell'effetto che faceva sugli uomini e chiaramente interessata solo a chi non si lasciava intimidire. Giovane e già responsabile marketing di una delle aziende sponsor. Parlandole si capiva subito che era destinata a una carriera folgorante.

La sera della Convention erano rimasti a lungo a parlare e si erano divertiti a osservare le dinamiche sociali e a commentare ciò che accadeva intorno a loro, scoprendo pian piano che entrambi si sentivano diversi e superiori alla media delle persone presenti e iniziando ad assaporare un feeling che andava oltre al semplice piacere intellettuale di trovarsi di fronte a una persona stimolante.

Entrambi capivano che la loro relazione non si sarebbe fermata a quel primo incontro, ma avrebbe avuto un seguito.

Seguito che si erano divertiti a immaginare, ognuno ipotizzando alternativamente un possibile sviluppo, ognuno curioso di stimolare e solleticare l'altro per comprendere meglio le proprie e le altrui reazioni agli scenari che venivano proposti, ognuno maliziosamente interessato a valutare quale alternativa stuzzicava maggiormente, ma sempre più intrigato dalle risposte e dal feeling che cresceva di momento in momento.

Si erano poi salutati, senza prendere un preciso impegno a rivedersi, ma scambiandosi il biglietto da visita con fare volutamente professionale, quasi a dimostrare scherzosamente che il loro era solo un rapporto di lavoro, ma sicuri che qualcosa di speciale sarebbe successo. E quel qualcosa di speciale spettava a lui crearlo!

Quella sera era tornato a caso pieno di energia e di entusiasmo che però, presto, si era scontrato con il solito conflitto familiare.

Ma quella sera Ray non aveva voglia di trovare una soluzione equilibrata che portasse a una tollerante soluzione di comodo. Quella sera si sentiva orgoglioso, affascinante, carico.

Aveva passato tutto il viaggio di ritorno verso casa a ripercorrere le tappe del suo innegabile successo. Si rivedeva all'Università, uno dei pilastri della squadra di football che contemporaneamente viaggiava con il massimo dei voti in tutte le materie. Rivedeva le mille ragazze che aveva conquistato durante quei fantastici anni. E poi la carriera in azienda che lo aveva portato a essere il Chief Executive Officer di una delle multinazionali più importanti al mondo a soli quarantaquattro anni!

Ricordava. Sorrideva compiaciuto e sentiva che uno come lui era destinato al successo e a una vita piena di soddisfazioni.

Quella sera quindi non era disposto a tollerare una situazione che lo faceva solo arrabbiare.

Non era mai stato un uomo da compromessi. Non aveva mai accettato situazioni che non condivideva, si era sempre ribellato all'insoddisfazione o all'abitudine e proprio non riusciva a capire perché continuava a rimanere con la sua seconda moglie se anche questa relazione si era ormai inaridita. Forse pensava che avrebbe potuto riprendersi. Forse non voleva affrontare un nuovo divorzio. O forse temeva che un taglio netto a questa situazione avrebbe danneggiato la sua immagine agli occhi della società che frequentava.

Ma quella sera, l'incontro con quella donna gli aveva rimescolato il sangue nelle vene. Gli aveva fatto tornare un entusiasmo e un'energia che non sentiva da tempo nelle relazioni e non era più disposto ad accettare di vivere come stava facendo.

Non appena la moglie aveva iniziato a chiedere, a giudicare, a punzecchiare, non aveva più resistito e aveva dato libero sfogo ai pensieri che da tempo gli passavano per la testa. E mentre stava litigando con sua moglie si era accorto che la loro bimba di quattro anni era entrata in cucina, forse richiamata dalle urla, e li guardava spaventata con i suoi grandi occhioni verdi.

Allora si erano entrambi fermati impietriti e mentre la moglie si girava cercando di nascondere il pianto, lui aveva preso in braccio la sua bambina e l'aveva portata in sala cercando di calmarla. Le aveva detto che il papà e la mamma avevano avuto una brutta giornata al lavoro, che erano molti stanchi e che ogni tanto la stanchezza ti fa arrabbiare, ma che lei non doveva preoccuparsi.

La bambina si era apparentemente calmata, ma ad un certo punto aveva chiesto: «Ma tu vuoi bene alla mamma?».

Lui era rimasto spiazzato ma aveva prontamente risposto «Ma certo che le voglio bene». Mentre pronunciava queste parole però aveva abbassato lo sguardo e aveva cercato di distrarre la bambina con un sorriso forzato, iniziando a farle il solletico perché aveva fisicamente bisogno di vederla nuovamente sorridere.

Ma quella domanda, quello sguardo, la sua reazione non lo avevano più abbandonato e lo tormentavano ogni giorno quando tornava a casa.

Era passato un po' di tempo da quella sera e lui era stato via per diversi viaggi di lavoro che gli avevano fatto passare in secondo piano il suo rapporto con la moglie e soprattutto la giovane responsabile marketing.

Oggi però aveva ricevuto una mail dall'azienda sponsor dove lei lavorava e il pensiero di lei lo aveva nuovamente irrorato di carica.

Aveva voglia di rivederla e stava appunto pensando a come avrebbe potuto richiamarla, stupirla e vederla nuovamente, quando era entrata la sua segretaria per dirgli che Bill voleva vederlo per parlare dei report del quarter.

Lungo, lunghissimo sospiro. Conta fino a dieci per impedire all'impulso di prendere il sopravvento e poi grandissimo sforzo per concentrarsi sul suo ruolo.

Ray sa perfettamente perché Bill vuole vederlo. I dati che arrivavano ogni giorno non erano per nulla promettenti e si aspettavano una conferma dall'Europa.

Si tratta solo di capire qual è il danno e se si può rimediare, pensa Ray, anzi: come si deve rimediare! Perché il target, in un modo o nell'altro, deve essere raggiunto!

Ray non ha investito tutte le sue energie in questi anni per diventare CEO. Il CEO è solo un filtro tra chi decide veramente e le organizzazioni.

Il suo obiettivo è entrare nel Consiglio di Amministrazione della società perché è lì che si prendono le decisioni vere. Entrare nel CDA vuol dire non dover più occuparsi di tutti i progetti che puntualmente arrivano alla sua scrivania per una decisione. Vuol dire occuparsi solo della gestione finanziaria dell'azienda senza doversi sporcare le mani con tutte le seccature che porta la gestione operativa. Vuol dire finalmente entrare nella stanza dei bottoni e non dover più accettare le decisioni che qualche vecchio presidente prende per te. Vuol dire raggiungere l'apice.

E l'apice per Ray è molto vicino questa volta.

All'ultimo incontro con il CDA gli era stato chiaramente fatto capire che, se avesse raggiunto il target anche quest'anno, gli avrebbero sicuramente aperto le porte del Consiglio di amministrazione ed era per questo che alla fine aveva accettato un target così difficile. Se lo avesse raggiunto avrebbe finalmente coronato il suo sogno.

E non poteva tollerare di non riuscirci.

Fallire significava dover sopportare gli sguardi, i commenti e le valutazioni del CDA; significava dover passare un nuovo anno in un ruolo che cominciava a stargli stretto; oppure significava dover passare a un'altra multinazionale per iniziare nuovamente un percorso che ormai conosceva, governava e non dava più gli stessi stimoli.

No. Avrebbe trovato il modo di raggiungere il target e aveva bisogno del sostegno dei suoi uomini.

Con questa determinazione Ray chiama la sua segretaria e le dice di organizzare un meeting tra quindici minuti tra lui, Bill e Bernard.

Bernard

Bernard ultimamente si trova spesso a riflettere sul senso della vita.

Nel fine settimana va a giocare a golf con gli amici e mentre cammina tra una buca e l'altra pensa spesso al senso della sua vita e gli stessi pensieri ritornano anche quando è al lavoro.

I suoi figli sono ormai grandi e sistemati. Il rapporto con sua moglie è ottimo. La sua vita sociale è soddisfacente. Ha una posizione di prestigio in una delle più grandi multinazionali al mondo: HR Vice President. Eppure c'è costantemente un senso di incompletezza che lo spinge a farsi delle domande e a trovare delle risposte che un giorno lo soddisfano e il giorno dopo lo lasciano perplesso.

Ha spesso pensato di andare in Africa a dare una mano a chi ne ha veramente bisogno e il pensiero di farlo a volte lo anima mentre altre volte lo lascia amareggiato perché il senso del reale lo fa apparire un capriccio da snob, una superficiale dichiarazione d'intenti che non troverà mai la sua realizzazione.

Del resto sii onesto con te stesso, pensa Bernard, lasceresti il tuo lavoro, la tua casa, i tuoi amici, i tuoi genitori, la gioia dei probabili nipotini che presto arriveranno, per immergerti in un mondo di sofferenza? E mentre si risponde che il coraggio lo avrebbe, ma ha anche una buona dose di buon senso che gli impedisce di farlo, Bernard non può fare a meno di chiedersi se il senso della sua vita non sia quello di godersi ogni momento così come viene, senza giudicarsi.

L'ultimo corso di mindfulness a cui ha partecipato insieme alla comunità HR che dirige è giunto proprio nel momento più propizio.

Vivere il qui e ora, dedicare tempo alla meditazione, acquisire consapevolezza emotiva, cercare pensieri compassionevoli sono pratiche che Bernard ha inconsapevolmente applicato da tempo e adesso vengono rinforzate da centinaia di studi neuro scientifici che ne garantiscono l'efficacia. La stessa McKinsey ultimamente sta pubblicando articoli che confermano l'utilità di queste pratiche non solo sul benessere delle persone, ma anche sui profitti delle aziende.

Forse è davvero arrivato il momento che Bernard aspettava da quando ha iniziato, diversi anni fa ormai, a lavorare nelle risorse umane. Il momento in cui finalmente ci sono prove evidenti che lavorare per il benessere delle persone significa contribuire anche al successo delle aziende. Quando fa questi pensieri a Bernard sembra di capire perché il suo destino non è andare in Africa a fare il volontario.

Al termine del corso di formazione lui e i suoi collaboratori HR si erano fermati per un workshop in cui tirare fuori idee per usare la loro esperienza a vantaggio dell'azienda, e qualche idea interessante era venuta fuori.

Certo, tutti erano d'accordo che un corso di mindfulness fatto in un resort a cinque stelle, con i cellulari disattivati, i pc spenti, i massaggi rilassanti a fine giornata, avrebbe avuto effetti positivi su chiunque. Non è certo la stessa cosa fermarsi cinque minuti nel tuo ufficio per fare meditazione e trovare la centratura...

Quando il facilitatore del workshop aveva detto loro di immaginare qualsiasi possibile applicazione in azienda, anche la più assurda, e di non valutare la fattibilità delle idee, si erano davvero divertiti a immaginare gli scenari più fantasiosi: dal giardino per la meditazione costruito sulla terrazza dell'edifico (*ovviamente per le sedi dove è possibile...*), al momento di meditazione che ogni dipendente sarebbe autorizzato a prendersi nel corso della giornata (*quando vuole perché la meditazione non può essere decisa a comando!*), alle riunioni collettive di mindfulness in cui l'amministratore delegato e la receptionist condividono lo stesso spazio per esercitare la stessa pratica (*ti immagini i pensieri che avresti se di fianco a te stesse meditando una gnocca?*), al tempo libero aggiuntivo da lasciare ad ogni collaboratore purché dedicato al proprio benessere (*ma se vado a fare shopping può essere considerato come un investimento sul mio benessere?*).

Alla fine tutti sapevano che sarebbe stato difficile, forse impossibile realizzare i progetti così come li avevano immaginati, ma la sensazione di Bernard era comunque di avere un team di persone che credeva davvero di dover fare qualcosa per migliorare il benessere dei dipendenti e questa sensazione lo aveva riempito di orgoglio e di speranza. Gli faceva pensare che le organizzazioni stavano davvero evolvendo. In fondo, quando lui era entrato in azienda, se avesse parlato di intelligenza emotiva e di mindfulness lo avrebbero guardato non con sospetto, ma con la certezza di avere di fronte un pazzo da fare fuori al più presto.

Dopo il workshop si erano lasciati come al solito con grandi sorrisi. Qualcuno aveva ricordato di alimentare il blog delle HR con le esperienze che avrebbero fatto, ciascuno nella propria funzione e ognuno si era davvero sentito più vicino all'altro non solo come collega, ma come essere umano.

Bernard aveva vissuto tante volte questa sensazione e si era nutrito dell'energia che gli dava per avviare tanti progetti che avevano migliorato le cose. Le prime indagini di clima, vissute con sospetto dai suoi colleghi di allora, perché temevano di non aver le risposte da dare ai dipendenti "perché tanto li conosciamo; alla fine avrebbero chiesto l'aumento". Gli scambi e gli affiancamenti tra collaboratori per capire e vivere davvero ciò che fanno i colleghi e superare i pregiudizi e i conflitti. I tanti progetti di cambiamento organizzativo che aveva supportato come HR nel pianificarli, gestire le normali resistenze delle persone, formarle sulle nuove competenze richieste. Pratiche e tecniche ogni anno con un nuovo nome, più alla moda di quello precedente, ma sinceramente accomunate dalla volontà di far crescere le persone e con esse le organizzazioni.

Bernard sapeva che questi eventi erano utili e si batteva perché la sua azienda continuasse a farli, ma sapeva anche che la sensazione di eccitazione e di speranza, che sempre lo accompagnava in queste occasioni, poteva dissolversi in un attimo, frantumandosi di fronte all'ennesima voce di una fusione, alla necessaria "razionalizzazione" che ogni riorganizzazione comportava, alla confusione che si generava a ogni cambio di strategia, alla continua e pressante richiesta di fare sempre di più e con meno persone che portava al delirio organizzativo: centinaia di mail sparate ogni giorno che provocano, come le sinapsi nel cervello, migliaia di altri collegamenti in risposta e soffocavano le caselle di outlook. Richieste e messaggi incoerenti mandati a chi deve gestire gli stessi progetti di prima ma con due o tre persone in meno. La sensazione di non farcela più che leggeva nello sguardo dei suoi vecchi colleghi. La disillusione e il disinteresse che iniziava a percepire nelle giovani generazioni.

Ultimamente gli era capitato di intervistare un giovane di potenziale a cui volevano proporre un cambio di ruolo che avrebbe comportato una sua crescita sia gerarchica che economica insieme a un trasferimento presso l'headquarter e Bernard era rimasto sinceramente stupito dalla risposta del candidato che gli aveva detto che ci voleva pensare.

Lui gli aveva chiesto se poteva in qualche modo rispondere ai dubbi che aveva percepito e il giovane aveva candidamente replicato che l'aumento delle responsabilità e il trasferimento avrebbero potuto avere un impatto sulla qualità della sua vita e che quindi avrebbe voluto valutare con calma se valeva la pena di accettare.

Bernard era rimasto disorientato da questa risposta. Da una parte lui era cresciuto in una generazione pronta a tutto pur di fare carriera e quindi gli sembrava strano, quasi un atto di stupidità e di vigliaccheria, rifiutare un'offerta di crescita.

Dall'altra parte era rimasto piacevolmente sorpreso dal coraggio e dalla sfrontatezza di questo ragazzo che metteva la qualità della sua vita al pari della carriera. Del resto, quante ne aveva viste di persone che avevano sacrificato parte della loro vita per inseguire una carriera che alla fine li aveva portati a ricevere un incentivo per andarsene perché erano cambiate le condizioni.

Fatto sta che Bernard pensava spesso al senso della sua vita anche al lavoro, e lo sta facendo anche adesso che entra la segreteria di Ray per dirgli che è stato convocato un meeting tra quindici minuti a cui Ray vuole che partecipi.

Meeting

Ray accoglie Bernard nel suo ufficio e dopo un rapido saluto gli chiede: «Hai letto i dati del quarterly report?».

Bernard risponde che non li ha ancora letti e aggiunge: «Ma se ci hai convocati, c'è Bill e tu hai quella faccia, non credo siano soddisfacenti».

«Esatto» replica Ray. «Tu saresti soddisfatto se il target dell'Europa fosse meno 6%?».

«Certo che no. Ma non sarei nemmeno sorpreso».

Ray lo guarda torvo, iniziando a irritarsi e gli chiede: «Cosa significa che non saresti sorpreso?».

«Abbiamo già fatto questo discorso, Ray» dice Bernard cercando di non apparire offensivo, «e non credo ci serva rifarlo nuovamente. Ormai penso che dovremmo preoccuparci di ciò che possiamo fare adesso».

Ma Ray, non contento della risposta, incalza: «Ed è proprio perché dobbiamo preoccuparci di cosa fare adesso che ho bisogno del tuo supporto e non delle tue frecciatine, per cui, se c'è ancora qualcosa che dobbiamo chiarire, preferisco farlo subito perché poi dovremo essere uniti nel sostenere ciò che decideremo. In che senso non ne saresti sorpreso?».

Bernard fa un profondo respiro per mantenere la calma e cercando con lo sguardo anche Bill spiega: «Nel senso che sappiamo tutti benissimo che il target in Europa è irraggiungibile. Perché sappiamo che il lancio del prodotto dello scorso anno è avvenuto con sei mesi di ritardo rispetto al previsto e che nel frattempo il nostro principale concorrente ha lanciato prima di noi un prodotto simile al nostro che ha già iniziato a essere comprato dai consumatori e che quindi il target che avevamo fissato per quest'anno non teneva conto di questo piccolo, come chiamarlo? Intoppo? Quindi il target non è raggiungibile quest'anno. Ecco perché non dovremmo essere sorpresi».

«Questo lo abbiamo già discusso, Bernard!» sbotta Ray, «e ti ho sempre detto che era vero, ma che non potevamo più cambiare il target perché il CDA lo aveva già annunciato agli investitori». Poi, dopo una breve pausa, inizia ad alzare la voce: «Quello che non è accettabile è che da un meno 5% siamo passati in pochi giorni a un meno 6%!».

Rendendosi conto di aver urlato, Ray abbassa la voce e si rivolge a Bill. «Bill, dicci: questa ulteriore perdita a cosa è dovuta? Al lancio che è avvenuto in ritardo, come dice Bernard, o a qualche altra, come vogliamo chiamarla? Incapacità? da parte dell'Europa di fare almeno ciò che avevamo concordato?!».

Bill rimane impassibile e porta lo sguardo verso i report stampati mentre risponde: «È difficile dirlo Ray, perché non abbiamo ancora estratto i dati disaggregati per capire da dove arriva la perdita. Fatto sta che, secondo le mie analisi, questa perdita del primo quarter difficilmente si potrà recuperare nei prossimi quarter ed è per questo che ti ho chiesto di incontrarci».

«Ed è per questo che dobbiamo intervenire al più presto per invertire la rotta» esclama Ray con impeto. «E dobbiamo farlo in maniera coordinata altrimenti non ci riusciremo». Poi, cercando di calmarsi: «Non vi ho convocati per sentirmi ripetere cose che sappiamo già, ma per trovare il modo di raggiungere il target».

«Ho solo detto che non dovremmo stupirci» ripete Bernard con fare indulgente.

«Il problema non è stupirsi o non stupirsi, Bernard!» urla Ray. «È trovare il modo di fare il target!».

«E io credo che il target che abbiamo fissato non riusciremo a raggiungerlo, Ray. Mi spiace dirtelo, ma credo sia meglio essere sinceri almeno tra di noi».

«E allora cosa suggerisci di fare?! Di andare al CDA e dire che abbiamo fallito?! Lo sai cosa succederebbe in questo caso?! Che nel giro di pochi mesi farebbero fuori me, te e il nostro amico Bill, per sostituirci con qualcuno che faccia ciò che potremmo fare noi se avessimo i coglioni per provarci invece di continuare a lamentarci».

«Non mi sto lamentando, Ray. Sto solo dicendo che gli errori del passato prima o poi vengono a galla».

«E quale sarebbe l'errore, sentiamo? Aver definito un target pensando che avremmo avuto un prodotto che poi è arrivato in ritardo? Oppure l'errore è avere un CDA preoccupato solo del valore delle nostre azioni? Oppure l'errore dobbiamo cercarlo nelle nostre organizzazioni in Europa che non riescono a raggiungere il target?».

Silenzio.

Dopo qualche secondo, Ray guarda Bernard negli occhi e cercando in quello sguardo il collega con cui in passato ha condiviso gioie e dolori, gli dice: «Non mi interessa cercare l'errore, Bernard. Non mi interessa e non ci serve a niente. Quello che ci serve è un modo per invertire la rotta e raggiungere il target. Altrimenti sai perfettamente cosa ci chiederà il CDA, a parte la nostra testa! Ci chiederà di ridurre i costi per raggiungere il MOL. È molto semplice, amico. E spetta a noi fare qualcosa».

«Lo so Ray, ma in questo momento non credo ci siano le condizioni per poter raggiungere il target che è stato fissato».

Nuovo silenzio.

Bill sente che è arrivato il momento di prendere la parola e, sempre con lo sguardo rivolto verso le sue stampe, cerca di essere rassicurante. «Il problema in realtà non riguarda tutta l'Europa, ma solo quattro delle nazioni dove è stato lanciato il prodotto. Se noi riuscissimo a vendere di più, in quelle o in altre nazioni, e a bloccare immediatamente tutte le spese che non sono assolutamente necessarie, potrei calcolare degli scenari alternativi con i dati aggregati da presentare al prossimo board perché siano valutati. Di sicuro sarà molto difficile raggiungere il target, ma almeno daremo la sensazione che abbiamo la situazione sotto controllo».

«Significa bloccare tutti i progetti che abbiamo avviato» interviene Bernard con aria rassegnata. «Sospendere le assunzioni in corso. In pratica dare nuovamente alle nostre persone la sensazione che l'unica cosa che conta è il risultato a breve».

«Significa provare a fare il target, Bernard» conclude Ray. «O preferisci aspettare la fine dell'anno ed essere costretto a prendere decisioni ancora più drastiche?».

Silenzio.

Bernard prova a scuotersi dalla rassegnazione facendo leva sulla sua professionalità. «Dobbiamo organizzare bene la comunicazione, Ray. Dobbiamo fare in modo di parlare personalmente con tutti i Country Managers, anche con quelli non direttamente coinvolti, per ascoltarli, comprendere le loro esigenze e chiedere un loro input su cosa si può fare. Dovremo essere pronti ad ammettere i nostri errori e dare la sensazione che non stiamo accusando loro, ma stiamo chiedendo il loro aiuto. Dovremo organizzare un piano di comunicazione a cascata che spieghi e coinvolga tutte le organizzazioni. E poi dovremo chiedere a ciascuno di loro un piano con due semplici richieste: cosa fare per vendere di più e quali spese in corso possono essere sospese».

«D'accordo, Bernard. Preparami un'agenda delle cose da fare. Le discuteremo domani con tutti i Country Managers in una conf-call. Bill, inizia a preparare gli scenari alternativi tagliando tutti i progetti che pensi possano essere eliminati».

«Vi ringrazio ragazzi. Sarà dura, ma vedrete che ce la faremo anche stavolta».

Mentre tornano in ufficio, il pensiero di Bill è che non riusciranno a raggiungere il target, ma la preparazione degli scenari alternativi gli darà la possibilità di proporre anche una nuova scaletta riproporzionata per i bonus.

Bernard pensa che non ce la fa più. Aveva pensato di parlare a Ray del progetto di mindfulness... Che delusione. Per fortuna venerdì ci sarà la partita di golf.

Ray si lascia andare sulla sua poltrona con le mani poggiate dietro la testa e si sente nuovamente combattivo mentre il pensiero ritorna alla responsabile marketing. "Se adesso riesco anche a trovare il modo per stupirla, domani in conf-call sarò carico come una molla!".

Conf-Call

La conf-call inizia come al solito con qualche minuto di ritardo perché non si capisce mai chi si è già collegato, chi ancora no, chi manca per qualche motivo. Ogni volta inoltre è necessario lasciare spazio alle solite battute rompighiaccio: "Che tempo fa in Grecia? Il sole, come al solito. E in Inghilterra piove?" e così via, per non limitarsi a un freddo e impersonale saluto e dimostrare che il loro è un gruppo coeso e amichevole.

Appena Ray inizia a parlare, dichiarando immediatamente l'obiettivo della conf-call, tutte le voci si zittiscono e l'atmosfera ritorna professionale.

O almeno, questo è quello che appare se uno si limita ad ascoltare le voci che escono dal fantastico webex meeting center della sala riunioni dell'headquarter nel New Jersey.

In realtà, con il dono dell'ubiquità, che in un racconto ci possiamo permettere, siamo in grado di viaggiare velocemente dall'America all'Europa e partecipare anche noi a questa confcall, osservando direttamente ogni partecipante e avendo accesso ai suoi pensieri oltre che alla sua voce.

Il primo su cui ci soffermiamo è Lazaros, il Country Manager della Grecia.

Lazaros è ormai prossimo alla pensione ed è solo preoccupato che la situazione in Grecia non comporti una riduzione della sua pensione o un posticipo della data in cui poterci andare. Ha vissuto l'avvio della filiale greca diversi anni fa, quando era direttore vendite, e sta osservando con grande preoccupazione i continui cambiamenti, peggioramenti direbbe lui agli amici più intimi, che questa multinazionale sta attraversando. Dal pionieristico avvio della filiale, in cui lui e pochi colleghi commerciavano con orgoglio i richiestissimi prodotti della multinazionale americana, all'attuale impegno, fatto prevalentemente di report, riunioni, analisi, progetti che contribuiscono solamente ad accrescere il lavoro amministrativo e a togliere tempo all'attività sul campo.

Lazaros non è preoccupato. In Grecia, anche con il prodotto che è stato lanciato lo scorso anno, è previsto un target di vendita limitato, la crisi che la sua nazione sta vivendo almeno ha contribuito ad abbassare il target …, e quindi aspetta tranquillo, mentre Bill, su incarico di Ray, inizia a leggere i dati di ogni nazione per poi aprire al commento.

«Cosa ne pensi, Lazaros?» chiede Ray. Lazaros ormai ha capito perfettamente come rapportarsi con l'headquarter. Anche se sa che il target verrà facilmente raggiunto, risponde che sarà molto dura ma che lui non mollerà un attimo e terrà la situazione costantemente sotto controllo. Certo non sarà possibile chiedere di più alla Grecia perché sarà già uno sforzo immane se riusciranno a raggiungere il target.

Quanto ai costi che possono essere sospesi, in Grecia non sono previste assunzioni e le uniche spese aggiuntive dipendono dall'implementazione di progetti worldwide, decisi dall'headquarter, e che quindi non spetta lui decidere. Certo sarebbe un peccato non portare avanti dei progetti così importanti per lo sviluppo e la crescita.

E mentre lo dice noi possiamo vedere che Lazaros si rilassa sulla sedia, come se avesse terminato la sua interrogazione, e aspetta sorridente che Ray gli dica di tenere duro e di provare a vedere se può in qualche modo contribuire ad aiutare le nazioni più in difficoltà.

Lazaros annuisce e risponde: «Certamente Ray» e subito dopo stacca la cornetta dal suo orecchio, la poggia sulla scrivania e inizia a sfogliare il giornale che aveva cessato di leggere all'inizio della conf-call.

Bill passa quindi alla lettura dei dati delle quattro nazioni dell'est che fanno capo a Matthew e noi immediatamente ci spostiamo nel suo ufficio e scopriamo che è una camera d'albergo.

Matthew è un giovane talento, americano, mandato a gestire i distributori che operano nelle quattro nazioni dell'est.

Per poter crescere aveva bisogno di un'esperienza all'estero, in un ruolo di responsabilità sul business e quattro anni prima era stato mandato in Ungheria, con il ruolo di East Europe Country Manager, con l'obiettivo di far crescere il business nelle nazioni dell'est in cui avrebbero trovato distributori. Creare una forza vendita diretta in quelle nazioni era ancora troppo complicato e rischioso.

L'incarico sarebbe durato tre anni. Il ruolo sarebbe stato equiparato a quello di Country Manager, anche se in realtà non lo era, e le condizioni erano quelle di expatriate.

Matthew era un giovane single, con grande determinazione a fare carriera e aveva accettato di buon grado l'incarico anche perché gli amici gli avevano detto che in Ungheria si sarebbe divertito perché c'erano delle fighe spaziali (non so come si dica esattamente in americano, ma credo che renda l'idea).

Effettivamente Matthew si era divertito nei primi due anni. Aveva fatto crescere il business, riuscendo a stipulare accordi con distributori anche nella repubblica Ceca, in Croazia e Slovenia e aveva trovato modo di divertirsi anche al di fuori del lavoro. Qualche chilo di troppo dovuto all'ormai consueto consumo di alcoolici, qualche soldo in meno speso in prostitute e magnanimi sprazzi di generosità (del resto non era semplice trovare veri amici in un paese straniero che avrebbe abbandonato dopo qualche tempo); ma alla scadenza del terzo anno aveva iniziato a premere per avere un nuovo incarico, possibilmente in America o nell'Europa occidentale.

Ray gli aveva risposto che stavano cercando un ruolo coerente con il suo sviluppo, ma intanto il tempo passava e l'entusiasmo inziale si andava spegnendo a causa della difficoltà di trovare altri sviluppi per il business e il bisogno di uno stile di vita più stabile di quello che adesso conduceva.

Le conf-call per lui erano un'occasione per risentirsi parte dell'headquarter e per testare la possibile apertura di nuove opportunità di carriera, ma in questa aveva capito subito che era stato convocato solo per rispetto del ruolo perché nelle nazioni da lui gestite il nuovo prodotto non era ancora stato lanciato.

Matthew dunque è nella sua stanza d'albergo, con la barba sfatta, una maglietta, le mutande e un leggero mal di testa dovuto all'alcool bevuto la sera precedente, mentre ascolta al telefono Bill che gli snocciola i suoi dati ma con il fare distratto di chi tanto sa che commentare gli stessi non servirà a niente.

Matthew sa che ogni occasione è importante per perorare la sua causa e alla richiesta di Ray di dargli un suo parere inizia a ricordare tutto ciò che ha fatto in quattro anni per arrivare a questi risultati, a sottolineare che ormai è impossibile fare di più e a spiegare quanto potrebbe dare ancora all'azienda se solo potesse sperimentarsi in altri mercati.

Ma torniamo per un attimo nella sala riunioni in America.

Ray guarda Bernard con aria spazientita e accusatoria, quasi a volergli dire: "Hai visto che cosa succede a convocare anche chi non c'entra niente con il nostro obiettivo? Tu e la tua mania per la comunicazione omogenea".

Bernard abbozza un sorriso e fa un gesto come a dire: porta pazienza. Il ragazzo ha ragione e dobbiamo solo ascoltarlo. Ma Ray si rivolge con lo sguardo a Bill e con la mano gli fa cenno di tagliare.

Bill non si lascia pregare e mentre Matthew sta ancora parlando lo ringrazia e dice che ci sono altre nazioni da valutare e quindi inizia a leggere i dati della Francia.

Voliamo allora in Francia dove si trova Jacqueline, una bella, sofisticata e colta donna della borghesia francese, che è quasi ai ferri corti con Ray perché qualche mese fa, durante un incontro, ci ha provato con lei.

Non era stato un approccio diretto, ma gli sguardi, i commenti, le battute le avevano chiaramente fatto capire che, se lei fosse stata al gioco, lui ci avrebbe sicuramente provato.

Jacqueline all'inizio era rimasta sorpresa da questo comportamento e aveva pensato che forse era il vino che avevano bevuto quella sera a provocare il comportamento del suo capo. Poi però, dopo aver cercato di disinnescare educatamente i ripetuti tentativi di approccio, aveva iniziato a dare segnali sempre più chiari di fastidio che Ray, forse perché su di giri o forse perché troppo sicuro di sé, non aveva saputo o voluto cogliere. A quel punto era stata costretta a inventare una scusa per poter tornare in camera senza dover ricorrere a comportamenti più eclatanti.

Da quella sera però Jacqueline non era più riuscita a parlare con Ray come prima e aveva iniziato a vederlo con occhi diversi: pieno di sé, arrogante, maleducato. E nelle occasioni di incontro o di conf-call aveva adottato un comportamento molto professionale ma freddo e distaccato. Era lo stesso comportamento che avrebbe adottato anche oggi, se non fosse successo qualcosa di importante la settimana prima.

Un head hunter l'aveva cercata e le avevano offerto un ruolo da direttore generale di una delle più importanti aziende di moda francese. Il sogno che diventava realtà! Il non dover più dipendere da un headquarter americano, ma il poter operare in una grande azienda francese.

L'ultimo colloquio era andato molto bene e Jacqueline stava solo aspettando la lettera d'impegno per poter finalmente dare le dimissioni. Solo che questa lettera non era ancora arrivata.

Jacqueline è seduta alla sua scrivania e aspetta con impazienza che arrivi il suo turno e quando Bill legge, con apparente neutralità, i dati che dicono che la Francia è sotto il target, Jacqueline fa un profondo respiro, si raddrizza sulla sedia e si limita semplicemente a dire: «È quello che sapevamo che sarebbe successo dopo il ritardo del lancio del prodotto e quindi non dobbiamo stupirci». Veloce viaggio in America per vedere che Bernard si gira di lato e cerca di trattenere un sorriso mentre Ray lo fulmina con il suo sguardo. «Quello che possiamo fare» prosegue Jacqueline, «lo stiamo già facendo e vi spedirò appena terminata la conf-call una mail in cui ho riepilogato tutte le azioni che abbiamo avviato sia per incrementare le vendite che per limitare i costi».

Dopo aver detto questo Jacqueline sorride soddisfatta e tira un profondo sospiro.

Ray sta per reagire, ma un gesto di Bernard gli suggerisce che non avrebbe senso.

Ray allora guarda Bill e gli fa cenno di proseguire.

Passiamo alla Germania.

Hans ascolta con attenzione, prendendo nota sulla stampa del report che ha preparato per la conf- call e aspetta che Bill abbia terminato. Quando gli viene passata la parola, Hans inizia a spiegare i motivi per cui le vendite sono sotto il target. Commenta punto per punto tutti i dati che sono stati presentati e per ognuno, sistematicamente, spiega cosa è già stato fatto, cosa pensano di fare e quali sono gli effetti sui costi che ogni azione comporterà.

Una veloce panoramica in tutte le altre nazioni ci fa vedere Lazaros che legge sempre più assorto il suo giornale, Matthew che cerca con difficoltà di infilarsi i pantaloni mentre tiene la cornetta con la spalla, Jacqueline che ha già iniziato a scrivere la mail da spedire, Bill che ascolta e prende nota, Bernard e Ray che iniziano a parlare tra loro di cosa si può fare per Matthew e gli altri Country Managers che ancora non abbiamo conosciuto che faticano a mantenere l'attenzione.

Osserviamo Hans, cercando di capire che cosa gli passa per la testa mentre legge i suoi dati, e ci accorgiamo che è talmente concentrato che le parti non razionali del suo cervello sono in uno stato di totale quiescenza, che ne rendono impossibile la lettura. Non è possibile capire che cosa stia provando e quindi dobbiamo limitarci a osservare i comportamenti esterni e aspettare che finisca per andare avanti.

Finalmente si arriva al Country Manager inglese che, mentre guarda soddisfatto i quattro biglietti omaggio per il derby tra City e United che ha ricevuto da un fornitore, aspetta tranquillo il suo turno perché in Gran Bretagna il prodotto è stato lanciato nei tempi previsti e i risultati stanno arrivando come da target.

La conf-call gli offre solo l'occasione per fare qualche battuta e far ridere tutti quando è il suo turno di parlare. E lui sa che se lo può permettere perché ha lavorato per tre anni all'headquarter dove era collega di Ray e Bernard.

La nuova Country Manager di Spagna e Portogallo è arrivata da soli due mesi e ha già visto che sono sotto target. In questo momento però non può fare altro che dire che cercherà di capire al più presto cosa si può fare, che è sua intenzione dare una svolta importante, ma che non è ancora in grado di fare promesse perché prima vuole uscire sul campo e parlare con i suoi. A breve manderà comunque il report richiesto.

I paesi scandinavi, tra cui ci sono anche l'Olanda e il Belgio, non hanno niente da segnalare.

Ed eccoci all'Italia!

Siamo sotto target del 6% (almeno siamo in media…) e siamo pronti a ricevere il solito shampoo.

Il nostro rappresentate è Carlo che ha passato tutta la confcall ad ascoltare attentamente le dinamiche che si sono create per sviluppare velocemente la sua strategia che adesso è pronto a realizzare.

Primo: ricordare i motivi per cui siamo sotto target. Non gli sembra giusto prendersi la colpa per responsabilità non sue. Poi condividere il fatto che si deve fare qualcosa per invertire la rotta. Rassicurare tutti che ciò che verrà definito in questa sede sarà fatto. Infine chiedere l'appoggio dell'headquarter nella fase di comunicazione.

Carlo si sfrega le mani, pronto a partire, e appena Bill termina la lettura dei dati dell'Italia, inizia a spiegare quali sono i motivi per cui in Italia, come in tutte le altre nazioni che hanno avuto lo stesso problema del resto, siamo sotto target e…

Mentre sta parlando, Carlo si accorge che qualcuno sta chiamando il suo nome. Si ferma ad ascoltare e capisce che è Ray. Allora si interrompe e chiede: «Dimmi Ray».

Ray fa un profondo sospiro avvicinandosi allo speaker del webex meeting center e, con il chiaro scopo di farsi sentire da tutti, con voce ferma dichiara: «So cosa stai per dirmi Carlo e hai tutta la mia comprensione». Sguardo compiaciuto verso Bernard. «Ma siamo qui per trovare delle soluzioni, non per ricordare i problemi. Non vi paghiamo per dirci quali sono i problemi, per quello basterebbe il controllo di gestione, ma per trovare delle soluzioni. Ora, quello che ci aspettiamo è che ogni Country prepari un piano di azione in cui indicare cosa farà per aumentare le vendite e quali progetti che comportano costi possono essere sospesi».

«Mi spiace» prosegue Ray dopo una chiara pausa fatta allo scopo di sottolineare il suo messaggio «di non avere più tempo per commentare ulteriormente, ma credo che i punti su cui dobbiamo agire ci siano assolutamente chiari».

«Vi ringrazio della collaborazione e aspettiamo i vostri report entro la fine di questa settimana. Un caro saluto e buon lavoro a tutti».

«Bye».

«Hello».

«Bye».

«A presto».

«Ciao».

«See you soon».

«Ciao».

Tuuuuuu…

MANAGEMENT

Carlo

Carlo è seduto alla sua scrivania, interdetto per quello che è successo durante la conf-call e si sta chiedendo se c'è stato qualcosa di sbagliato nel suo comportamento.

Più ripensa al modo in cui Ray lo ha interrotto, più sente montare la rabbia e la frustrazione.

Ricorda perfettamente quando avevano presentato il budget per l'anno in corso. Aveva in tutti i modi cercato di far capire che il ritardo del lancio del prodotto avrebbe sicuramente impattato i risultati e sembrava che Ray avesse compreso. "Vedremo che cosa possiamo fare" aveva detto a tutti i Country Managers riuniti a Bruxelles, "anche se non posso promettervi niente".

Poi era arrivata la doccia fredda!

Avevano presentato il budget al CDA che tuttavia non poteva più rimangiarsi ciò che avevano annunciato all'assemblea degli azionisti. Dovevano dare dei messaggi incoraggianti per sostenere gli investimenti che l'azienda aveva fatto e quindi non era stato possibile fare diversamente, aveva comunicato Ray in una conf-call successiva all'incontro. "Ma vedrete che non sarà difficile come può sembrare" aveva poi aggiunto con quel suo tipico atteggiamento da dittatore evoluto che però non ammette repliche.

Poi avevano assistito impotenti al lancio del prodotto della concorrenza e adesso si trovavano nelle condizioni di doversi giustificare per dei risultati che non potevano arrivare.

Più ci pensava e più gli montava la rabbia e la voglia di ribellarsi a quella situazione, anche se sapeva che non sarebbe servito a niente.

Una volta, nella sua azienda precedente, aveva provato a mettersi di traverso di fronte a una richiesta impossibile da realizzare rifiutandosi di portare avanti un progetto che non aveva senso.

Era quindi stato convocato dai suoi capi che gli avevano detto che non era "manageriale" contrastare la strategia aziendale nel modo in cui aveva fatto lui, che c'erano modi diversi per confrontarsi e portare avanti le sue idee e che loro erano sempre disposti al dialogo. Poi, pochi mesi dopo, gli avevano proposto un nuovo "incarico speciale" con il chiaro intento di spingerlo alle dimissioni, costringendolo a rimettersi sul mercato e a trovare il posto presso la multinazionale dove lavorava adesso.

Il posto di Country Manager gli piaceva, anche se, accettandolo, aveva dovuto trasferirsi a Milano, lasciando sua moglie e i suoi figli a vivere in Veneto.

Ogni fine settimana tornava a casa per cercare di dedicarsi anche alla famiglia, ma era difficile staccarsi completamente dal lavoro con tutti i progetti e i problemi che doveva gestire: Il lunedì mattina, a volte anche alla domenica sera, ripartiva per Milano, dove, dopo i primi mesi passati in hotel, viveva in un bilocale preso in affitto, con la speranza di potersi sentire in qualche modo in una casa.

Carlo lavorava con grande impegno sia in ufficio che alla sera, perché lui era uno che non mollava; uno che veniva dalla strada. Aveva iniziato come venditore per poi assumere l'incarico di area manager, poi di direttore vendite, poi commerciale fino alla fatidica litigata con i suoi capi che lo aveva costretto a rimettersi in gioco.

Nella nuova esperienza Carlo aveva ricoperto prima il ruolo di direttore commerciale, viaggiando tantissimo sia in Italia che all'estero, per consolidare la sua esperienza e le sue conoscenze e quindi, grazie alla sua dedizione e alla sua determinazione, era stato promosso Country Manager.

Perché Carlo era uno che non mollava!

E non avrebbe mollato neanche adesso!

Volevano il target? Avrebbero avuto il target! Così avrebbe potuto zittirli, dimostrando quanto era tosto!

Certo, per raggiungere il target avrebbe avuto bisogno dell'impegno e della dedizione di tutta la struttura che da tempo era sotto pressione, ma per Carlo uno sforzo in più era assolutamente possibile e per molti versi anche giusto. Lui lo faceva ogni giorno, dedicando tutte le sue energie al lavoro e sacrificando anche il tempo dedicato alla sua famiglia, e non capiva perché gli altri non potessero fare lo stesso.

In fondo lo avrebbero fatto per loro stessi perché, se non avessero raggiunto il target, le conseguenze maggiori le avrebbero pagate loro. Lui, come Country Manager, anche se fosse stato licenziato, avrebbe sicuramente trovato un altro posto, ma loro? Tutti quei fancazzisti che aveva iniziato a conoscere venendo nella sede di Milano? Perché di fancazzisti, ce n'erano davvero tanti! Gente che alle cinque in punto lasciava tutto quello che stava facendo per timbrare il cartellino e uscire. Gente che non alzava un dito per fare qualcosa in più rispetto a quello che richiedeva il proprio ruolo. Gente che non prendeva un'iniziativa e si limitava a lamentarsi, lamentarsi, lamentarsi costantemente, per qualsiasi cosa.

Per fortuna non erano tutti così. Anzi, la maggior parte dei suoi collaboratori aveva voglia di fare e lo aveva seguito negli anni, raggiungendo sempre ottimi risultati. Su questi Carlo sapeva di poter contare.

Ma pensando al target e alle inefficienze dovute solo alla demotivazione di molte persone, Carlo iniziava a vedere le opportunità per dare finalmente una scossa alla sua azienda e magari liberarsi delle zavorre che impedivano di viaggiare alla velocità che lui pretendeva.

Ogni volta che ne aveva l'occasione, provava a stimolare le persone a dare di più, a fissare l'asticella un gradino più in alto, a non fermarsi alle prime difficoltà, così come faceva lui.

Come potevano alcuni collaboratori, pensava Carlo con disprezzo, accontentarsi di fare ciò che veniva richiesto senza avere la voglia di osare, l'orgoglio di dimostrare che avevano raggiunto l'obiettivo? Quanta gente senza nerbo c'era nella sua azienda!

E mentre si innervosiva a questo pensiero, sentiva sempre più che, in fondo, il messaggio di Ray arrivava nel momento giusto.

Gli avrebbe dato la possibilità di dare la sferzata che serviva e di capire chi poteva reggere i ritmi che le multinazionali di oggi richiedevano e chi invece era destinato a soccombere o a trovare il modo per adeguarsi!

"Sì!" inizia a pensare soddisfatto Carlo. "Il target ci dà l'occasione per dimostrare di che pasta siamo fatti!".

E con questa determinazione in testa, Carlo manda una mail a tutti i suoi diretti riporti, convocando una riunione "per comunicazioni importanti"

Raffella

«Ciao mamma». «Ciao tesoro».

«Ciao mamma». «Ciao amore mio. Fate i bravi».

Raffaella saluta i suoi due bimbi mentre escono dalla macchina per entrare a scuola.

Questa mattina è riuscita ad accompagnarli senza dover ricorrere all'aiuto della tata o della suocera. E quando ci riesce Raffaella ne è felice.

Li aveva svegliati. Avevano fatto colazione insieme e lei aveva iniziato a nutrirsi sorridente della contagiosa energia dei suoi due bambini di nove e dodici anni.

In macchina, come al solito, avevano fatto pari e dispari per decidere chi si sarebbe seduto davanti, per poi continuare a stuzzicarsi, prendersi in giro, sovrapporsi l'uno all'altra per poter raccontare alla mamma quello che era successo il giorno prima a scuola o quello che sarebbe successo oggi.

Non sempre Raffaella riusciva ad accompagnarli a scuola perché a volte le trasferte o gli orari richiesti dai suoi impegni lavorativi non glielo permettevano, ma quando lo faceva si sentiva soddisfatta e avrebbe voluto farlo ogni giorno, come una brava mamma dovrebbe poter fare.

Raffaella era molto soddisfatta del suo ruolo di HR Manager e non vi avrebbe rinunciato per nessuna ragione al mondo. Sentiva di non essere portata per fare solo la mamma a tempo pieno e aveva bisogno degli impegni e delle soddisfazioni che il suo ruolo comportava. Pensare di finire come sua madre, che aveva dedicato la sua vita solo ed esclusivamente ai figli, le dava i brividi.

Certo, i suoi bambini erano la sua gioia più grande ed erano sempre al primo posto nei suoi pensieri e nei suoi sforzi. Ascoltarli, educarli, perdonarli, farli divertire, passare del tempo con loro. Raffaella non credeva a chi diceva che con i figli non è importante quanto tempo passi con loro, ma è importante che sia tempo di qualità. Per lei i figli avevano il diritto di stare con i genitori tutto il tempo necessario, con costanza e regolarità, perché solo vivendo con loro ogni giorno potevi vederli crescere e sostenerli.

La sera era bello cenare tutti insieme, con la tele rigorosamente spenta, per poter parlare della giornata e capire come stavano crescendo e di cosa avevano bisogno in quel particolare momento. E Raffaella ci riusciva spesso, dedicando al suo lavoro il tempo necessario, concentrandosi anche sulle necessità dei suoi bambini ed essendoci sempre, o quasi, al cento per cento.

Aveva bisogno del suo lavoro. Confrontarsi ogni giorno con persone e situazioni diverse. Cercare di risolvere i problemi che le si presentavano e provare ad anticiparli. Essere un fattore decisivo nel portare avanti le strategie aziendali riuscendo a trovare ogni volta un modo per comunicare, coinvolgere, motivare.

Il suo lavoro le piaceva tantissimo. Eppure ogni tanto sentiva che le mancava l'energia per continuare a portare avanti la famiglia e il lavoro con la stessa qualità che voleva.

 A volte si sentiva stanca, confusa, demoralizzata.

C'erano giorni in cui faceva davvero fatica a togliersi dalla testa ciò che era successo in azienda e trovare la disponibilità, la pazienza e la serenità per ascoltare i suoi figli e dedicarsi totalmente a loro. E c'erano giorni in cui faticava a trovare la voglia per recarsi al lavoro dopo averli accompagnati, perché avrebbe voluto conservare ancora quella dolce sensazione di gioia che si prova a stare con i bambini.

Molte volte le era venuto in mente di fare una pazzia. Fermare la macchina per strada, guardare i suoi figli negli occhi e dire loro che oggi non sarebbero andati a scuola ma che li avrebbe portati a fare una gita. Sorrideva all'idea di vedere le espressioni sorprese ma eccitate dei bambini e immaginava le urla e le risate che avrebbero fatto quando avrebbero capito che la mamma non scherzava; che oggi sarebbero davvero andati a fare una gita. Sarebbe stato bellissimo.

Questa idea ritornava periodicamente, per poi essere puntualmente rimandata dalla forza del buon senso, dai valori del messaggio educativo (e se poi i bambini avessero pensato che si può fuggire dalle difficoltà?), dall'impossibilità di trovare un giorno con l'agenda totalmente libera.

Il pensiero di questa "pazzia" la faceva stare bene, ma al contempo la rattristava perché quel pensiero significava anche che Raffaella aveva raggiunto un limite di fatica quasi insopportabile.

La voglia di evadere e di dedicarsi esclusivamente a ciò che le piaceva, anche per un solo giorno, era un segnale di sovraccarico che aveva imparato a riconoscere.

Anche oggi è in macchina, diretta verso l'ufficio, e quel pensiero le arriva improvviso, ma con una direzione diversa dal solito.

Mentre è immersa nel traffico, Raffella immagina di curvare e prendere una strada che la porti fuori città. E la sola sensazione di ruotare il volante in quella direzione la riempie di una strana euforia e di un senso di libertà che non provava dai tempi del liceo, quando ogni giornata poteva prendere una piega diversa e nulla era pianificato in anticipo. Sorride e inizia a pensare a cosa poter fare in quella splendida giornata di sole. Si vede posteggiare ai bordi di un lago (ce ne sono tanti a pochi chilometri da Milano) e scendere dalla macchina per fare una passeggiata. Immagina di spegnere il cellulare e di fermarsi a un bar sul lungo lago per ordinare un cappuccio e una brioche. Pensa a cosa fare dopo questa pausa ristoratrice e le viene in mente che sicuramente sul lago ci saranno dei centri benessere. Una Spa, come si dice adesso, in cui entrare e chiedere quali trattamenti è possibile fare subito: un massaggio antistress? Un trattamento estetico? Un bagno termale? La manicure? Avrebbe accettato piacevolmente qualsiasi cosa pur di assaporare la sensazione di totale libertà, di rilassamento. Il piacere di dedicarsi solo e completamente a se stessa per ritrovare l'energia e ripartire.

Aaaaahhh…

Mentre sorride al pensiero, Raffaella si accorge che non ha svoltato per andare fuori città, ma è arrivata all'entrata della sede della multinazionale dove lavora.

Fffuuuuuuu…

Varcare il cancello che dà accesso ai posteggi riservati ai dirigenti, le fa immediatamente cambiare lo stato d'animo. Basta questo a farla entrare, switchare avrebbero detto i suoi colleghi informatici pensa ironicamente

Raffaella, in modalità funzionale-operativa e tornare a essere l'HR manager che serve all'azienda.

Raffaella posteggia e si ferma un secondo in auto per cercare di riordinare le diverse attività che la vedranno impegnata anche quest'oggi.

Da qualche tempo ha ripreso a usare un modello sulla gestione del tempo scoperto in un corso sul time management fatto qualche tempo addietro e che le è tornato utilissimo adesso che sente spesso di andare in affanno.

Proprio ieri si era sorpresa e spaventata nel rendersi conto che, oltre alla sua normale attività, che, tra parentesi, da sola sarebbe bastata a riempirle ogni giornata, era coinvolta in otto progetti contemporaneamente.

Alcuni erano stati decisi a livello worldwide e ogni dipartimento HR di Country era impegnato nella loro implementazione. Altri erano stati decisi a livello locale e Raffaella ne era coinvolta in qualità di project leader o di membro. Fatto sta che si era trovata in seria difficoltà a stabilire quale di questi progetti non fosse importante o urgente per inserirlo nel modello del time management. Se avesse dato retta alla sua valutazione personale avrebbe sicuramente definito non importanti almeno tre dei progetti worldwide, ma poi si chiedeva come avrebbe potuto spiegarlo a Bernard, che settimanalmente chiedeva un rendiconto sui progetti in corso.

L'unica cosa che la rianimava era che, tra i progetti decisi a livello locale, c'era finalmente la ricerca di tre giovani laureati da inserire all'interno dell'organizzazione e che uno di questi giovani riguardava il reparto HR. L'idea di avere un aiuto, ma soprattutto una giovane risorsa che portasse nuova linfa ed energia, le dava la carica per proseguire nei suoi sforzi.

Ogni mattina Raffaella guardava le sue mail e quindi segnava su un foglio le attività da svolgere, suddividendole tra importanti e non, urgenti e non, ma questa mattina lo stava facendo mentalmente in macchina perché non avrebbe avuto il tempo di farlo in ufficio.

Ieri sera Carlo aveva inviato a tutto il management committee, di cui lei faceva parte, una mail urgente che convocava una riunione per questa mattina alle ore nove per comunicazioni importanti.

Raffaella si era chiesta, mentre leggeva la mail dal cellulare prima di salire in casa, quali potessero essere le comunicazioni importanti che Carlo voleva condividere, ma aveva subito scacciato il pensiero per concentrare la sua attenzione sui bambini che le sarebbero corsi incontro non appena avesse aperto la porta di casa.

Mentre scende dalla sua auto per entrare in ufficio le torna la domanda: quali saranno queste comunicazioni importanti?

Andrea

Andrea sorride contento mentre alla guida della sua auto, diretto al lavoro, ascolta alla radio una canzone di quando era giovane.

Sorride soddisfatto perché mentre guidava, appena partita questa canzone, aveva iniziato a ballare seduto al volante. Gli era venuto naturale seguire il ritmo con la parte superiore del corpo, battere il piede della frizione a tempo, muovere la testa e lasciarsi trasportare dall'incalzare della musica. Poi un braccio, la testa sempre più forte, fino a cantare a squarciagola il ritornello in inglese, con la pronuncia storpiata che ormai era rimasta impressa nella sua memoria. E mentre ballava ormai scatenato, al volante della sua auto, riprovava la stessa sensazione di quando ballava questa canzone in discoteca con i suoi amici.

Sorride perché si sente ancora giovane e ha la consapevolezza che lui può essere, anzi è sempre lo stesso, anche a cinquantadue anni, con una moglie e due figli.

Ride perché, mentre balla, si accorge che la signora che guida la macchina alla sua sinistra si è girata nella sua direzione e lo sta guardando con un'espressione stupita, divertita e preoccupata allo stesso tempo.

Andrea si sofferma su quello sguardo e, come se fosse davvero in discoteca, accentua il ballo e fa un cenno di invito a seguirlo e a ballare con lui. Lei gli sorride, imbarazzata, per poi riprendere la concentrazione sulla guida e ripartire.

Andrea rimane spiazzato da questo distacco e cautamente guarda a destra e poi nello specchietto retrovisore per vedere se qualcun altro lo sta osservando nelle sue evoluzioni. Nessun altro sembrava essersi accorto del suo "strano" comportamento, tutti assorti a guidare il loro veicolo. Tutti impegnati e tutti con un'espressione triste o pensierosa.

Interrompe il suo ballo e inizia a provare un po' di imbarazzo. Quello stesso imbarazzo che sentiva da giovane quando cercava di abbordare una ragazza sulla pista e questa lo "sbiancava", come si diceva una volta, girandosi e andandosene. E quando succedeva immediatamente ti guardavi in giro per vedere se tutti si erano accorti della figura di merda che avevi fatto e non sapevi se era meglio continuare a ballare o andare a prendere un drink.

Andrea ripensa a quella sensazione e gli ritorna in mente una volta che era riuscito a cavarsela in maniera fantastica. Era rimasto "sbiancato" da un diniego piuttosto evidente di una ragazza che aveva cercato di abbordare e si era girato per vedere le facce di chi aveva visto. Un ragazzo che ballava al suo fianco lo stava guardando con aria perplessa. Non si capiva se lo stesse commiserando, prendendo per il culo o nutrisse un genuino moto di comprensione umana per un suo simile caduto in disgrazia. Andrea lo aveva fissato e con un sorriso spontaneo e un'aria sicura gli aveva detto, avvicinandosi al suo orecchio: «Per me ci sta!».

Il ragazzo era scoppiato a ridere e insieme avevano aumentato il ritmo del ballo, diventando immediatamente amici fraterni, almeno per quella sera.

Andrea ricorda ancora adesso quella sensazione di condivisione e riprende serenamente a ballare, più tranquillamente di prima, ma con la segreta speranza di trovare un altro sguardo complice in questi esseri umani che, come lui, non sono in discoteca, ma guidano la loro auto, sono stati giovani, lo sono ancora adesso e magari vorrebbero divertirsi un po'.

Quelle stesse persone che al volante sembrano tristi e pensierose, che sembrano così distanti, fredde, distaccate, potrebbero essere degli amici di una sera o di una mattina o di un piccolo percorso di strada...

Se solo ci fermassimo a guardarci senza giudicarci.

Se solo riuscissimo ad accettare che uno possa avere voglia di ballare, alle otto del mattino, seduto al volante della sua auto.

Se solo il primo pensiero di chi guarda non fosse: "Guarda quello? Ma cosa sta facendo? Ma guarda come si mette in mostra? ...Oppure è un fuori di testa", ma fosse la curiosità e la benevolenza di chi osserva l'energia della vita che in questo momento sta passando nel corpo di un suo simile.

Dovremmo essere capaci di riconoscere la gioia della vita in ogni sua espressione, anche la più strana, riflette Andrea. Dovremmo riuscire a osservare, compiacerci, seguire quelli che hanno questa energia contagiosa e capire che se uno sta ballando al volante della sua auto, vuol dire che è felice e non sta facendo del male a nessuno.

E se uno è felice dovremmo essere felici per lui e lasciare che faccia ciò che sente senza giudicarlo. Dovremmo pendere lo spunto per riflettere anche noi sulla nostra felicità e trovare lo stimolo per inseguirla sempre, in ogni momento, in ogni occasione.

Andrea continua a sorridere e a ballare, sperando di cogliere nello sguardo degli altri automobilisti, qualcuno che gli faccia capire che ha capito, come Troisi nel film "Non ci resta che piangere", quando Benigni gli dice di far cenno che ha capito alla ragazza che li osserva e lui ad alta voce le dice: "Sì, sì, ho capito".

La canzone finisce e lo speaker radiofonico inizia a parlare. Andrea smette di ballare, ma continua a sorridere perché sa che in molte macchine ci sono persone che hanno capito. Giovani, uomini, donne, anziani. Hanno capito, ma sono immersi nella vita quotidiana che ti obbliga a indossare una corazza di indifferenza e di cautela.

Andrea oggi sente più che mai che dietro a quella corazza ci sono possibili amici. Molte volte gli è capitato di riuscire a bussare su quella corazza, sempre in maniera gentile e simpatica, per comunicare alla persona questo messaggio: "Ehi, guardami. Sono uno come te che adesso sta ballando, ma che tra poco sarà in riunione con i suoi colleghi per parlare di cose importanti. E se durante la riunione sembro serio, distaccato, professionale, in realtà sono uno che ha solo voglia di divertirsi e di stare bene. E può farlo solo se riusciamo ad essere amici, anche per una sera".

Andrea è diventato direttore vendite di una delle più grandi multinazionali grazie a questa sua capacità relazionale.

Al primo impiego in ufficio aveva capito subito due cose: la prima è che non riusciva a stare in ufficio, ma doveva muoversi. La seconda era che lui aveva capacità relazionali. Sapeva trovare il modo per diventare simpatico più o meno a tutti e, attraverso la sua simpatia, ottenere ciò che gli serviva. Che fosse l'acquisto di un prodotto, l'appoggio in un progetto, la comprensione umana in un momento di sconforto.

Facendo corsi in azienda aveva dato una veste più scientifica alle sue riflessioni e adesso sapeva che molte delle sue capacità rientravano nel concetto di intelligenza emotiva.

Avere una chiara consapevolezza dei propri stati d'animo, gestirli quando sono disfunzionali, essere resiliente e sapersi rimotivare in momenti difficili, provare empatia per gli altri e soprattutto cercare di comunicare a livello emotivo per trovare accordi, risolvere problemi, gestire conflitti.

Andrea aveva capito che queste competenze erano necessarie a lui, alle persone e alle organizzazioni per evolvere.

Tutte le volte che aveva, consapevolmente o inconsapevolmente, usato queste competenze era riuscito a ritrovare un equilibrio emotivo che era ormai il termometro della sua vita. A cinquantadue anni Andrea sapeva che quello che cercava, sempre, era la serenità. E aveva anche capito che la serenità la sentiva quando era soddisfatto di sé, di quello che stava facendo. Quando passava del tempo con la sua famiglia, i suoi amici, i suoi genitori. Quando riusciva a comunicare, anche al lavoro, a livello umano. Quando riusciva a trovare spontaneamente il sorriso o riusciva a far sorridere gli altri.

Anche al lavoro.

Voleva riuscire a contagiare gli altri con la forza del suo entusiasmo. La sentiva come la sua missione nella vita e uno stimolo. Tutte le volte che non si sentiva sereno per problemi collegati al lavoro, e ultimamente purtroppo di momenti tristi ce n'erano sempre tanti, Andrea si faceva un esame di coscienza e cercava prima di tutto di trovare dentro di sé la motivazione per ritrovare il sorriso. Anche se non andava pazzo per i nomi americani che si davano a questi atteggiamenti, empowerment, learning agility, internal locus of control (che tra l'altro forse arrivava dal latino ma gli americani erano stati capaci di appropriarsene), ne condivideva la filosofia. Prima di guardare fuori da te stesso e accusare qualcun altro della tua insoddisfazione o infelicità, guarda dentro di te e cerca di ritrovare le giuste emozioni per fare la tua parte. "Sii il cambiamento che vuoi vedere nel mondo", era la frase di Gandhi che più lo aveva illuminato.

Andrea posteggia la sua auto nel parcheggio destinato ai dirigenti e con questa compiaciuta consapevolezza si appresta a portare il suo contributo alla riunione che Carlo ha convocato per stamattina.

Loredana

Loredana è seduta alla sua scrivania dalle otto di questa mattina.

Sono diversi anni ormai che ha dovuto trovare un'organizzazione della sua giornata compatibile con i suoi molteplici impegni.

La sensazione di costante affanno che aveva iniziato a vivere qualche anno fa, da quando era stata promossa responsabile della sales administration, l'aveva portata a svegliarsi ogni mattina, o meglio, ogni notte, intorno alle cinque, con l'ansia di dover organizzare la giornata per fare fronte a tutto: le incombenze da "casalinga", che Loredana continuava a ritenere un suo compito; l'attenzione alle esigenze della figlia, che, seppur cresciuta, aveva ancora bisogno della mamma; il rapporto con suo marito e il lavoro. Aveva anche smesso di occuparsi, o preoccuparsi, del suo tempo libero perché il solo fatto di rendersi conto che non riusciva a trovarlo le aumentava l'ansia, anziché tranquillizzarla.

Quando si svegliava con l'ansia cercava con tutta la sua forza di cacciare i pensieri che la preoccupavano per poter finalmente tornare a dormire ancora un paio d'ore. Aveva provato con la tecnica del respiro, appresa a un corso di dizione fatto qualche anno prima. Aveva cercato di meditare, come aveva letto su un articolo di qualche giornale. Aveva provato a cambiare posizione nel letto, a leggere, a trasferirsi sul divano, a tramortirsi di candy crusch pur di ritrovare la giusta stanchezza che la conducesse a un sonno ristoratore, ma alla fine aveva ceduto e aveva deciso di alzarsi alle sei e di iniziare a pianificare la giornata.

Da qualche anno quindi, senza nemmeno bisogno della sveglia, Loredana si alzava alle sei, faceva colazione da sola in cucina e iniziava a fare le cose che non facevano rumore, per non svegliare gli altri, e a organizzare le ore a venire: la suddivisione dei vestiti da lavare in base al colore per far partire la lavatrice (*ricordati di lasciare un memotac a qualcuno perché si ricordi di svuotarla e di stendere i panni quando avrà finito*), la lista della spesa, l'orario in cui avrebbe potuto farla, l'impegno a spolverare, pulire le finestre, passare l'aspirapolvere, stirare, che Loredana prendeva mentalmente per la sera o il week-end cercando di gestire le diverse sensazioni di nausea, senso di colpa, rabbia che provava ogni volta che falliva nell'intento.

Nei primi anni Loredana, quando alle sette e mezza si svegliavano il marito e la figlia, aveva provato a sedersi accanto a loro mentre facevano colazione per passare un po' di tempo a chiacchierare (*è importante comunicare in famiglia!*). Presto però aveva capito che l'energia che lei aveva iniziato ad accumulare un'ora e mezza prima non coincideva con il loro livello di energia, ancora rallentato dal tormentato risveglio.

Per iniziare la conversazione aveva provato a fare domande sui loro piani per la giornata, ma aveva trovato risposte distratte e veloci da parte del marito, che la guardava perplesso e infastidito dal suo frizzante eloquio, e stizzite dalla figlia (*ma'! Non mi sono ancora svegliata! Figurati se so cosa farò oggi!*). Le figlie non hanno il riguardo o l'affetto che il marito è costretto a dimostrare...

Loredana aveva compreso e deciso di cambiare tattica (*qualcuno dovrà pure fare uno sforzo per comunicare in famiglia!*). Se gli altri non avevano la forza di rispondere, avrebbero avuto almeno quella di ascoltare!

E allora aveva iniziato a raccontare ciò che avrebbe fatto nel corso della giornata, cercando di coinvolgere il resto della famiglia, non nell'operatività, perché tanto sua figlia non faceva quasi nulla in casa, ma almeno nella condivisone organizzativa ed empatica.

Il marito ascoltava, annuiva, faceva qualche domanda di chiarimento (*quando si accorgeva che lei aveva capito che non la stava davvero ascoltando*), si offriva di aiutarla in qualche incombenza.

Dimostrava sicuramente buona volontà, pensava Loredana, ma era chiaro che avrebbe preferito essere lasciato in pace a fare colazione e organizzare mentalmente anche lui la sua giornata.

Loredana aveva allora provato a condividere i suoi piani con la figlia, ma non c'era bisogno di leggere il pensiero per capire perfettamente il messaggio: *ma', ma pensi che me ne freghi qualcosa di quello che devi fare tu!?*

Allora Loredana aveva iniziato a uscire prima di casa. Con la scusa di evitare il traffico, perché ci voleva circa un'ora per raggiungere il suo ufficio uscendo alle otto, ma solo mezz'ora uscendo alle sette e mezza.

E aveva scoperto che arrivando in ufficio alle otto aveva la possibilità di organizzare anche la sua giornata lavorativa. Da sola, senza interruzioni, senza i collaboratori che entravano trafelati nella sua stanza per vomitarle addosso il problema del momento, il conflitto appena scoppiato, l'errore che qualcun altro aveva fatto.

Non le piaceva arrivare in ufficio un'ora prima del normale. Le sembrava già di dedicare troppo tempo al lavoro. E poi sapeva che non sarebbe comunque uscita prima delle sette alla sera. Non le piaceva e si sentiva anche stupida perché, con la promozione, non le pagavano lo straordinario anche se avesse lavorato quindici ore al giorno. Tuttavia aveva capito che era meglio provare un po' di rabbia e di rancore verso di sé, piuttosto che l'ansia di non avere il tempo di poter organizzare.

Quell'ora di tempo che la separava dall'arrivo dei collaboratori, dei problemi, dei casini, era diventata un salvagente necessario per sopravvivere.

Sopravvivere, non salvarsi!

Perché Loredana, aggrappata a quel salvagente, non riusciva a vedere la costa dove sarebbe approdata. Il salvagente le serviva per non annegare, per rimanere a galla ancora un giorno, in arrancante attesa di una scialuppa di salvataggio o della terra ferma.

Da responsabile della sales administration gestiva tutto ciò che serviva per la vendita, durante e dopo. Sotto di sé operavano tre reparti con un responsabile ciascuno e un totale complessivo di ventiquattro collaboratori, che erano stati suoi colleghi quando lei aveva iniziato e che ancora adesso si rivolgevano a lei, come a una collega, per qualsiasi cosa non fosse routine.

Erano tutti costantemente sotto pressione!

Nel suo reparto operavano la maggior parte delle categorie protette che l'azienda era stata costretta ad assumere. C'erano dei giovani volenterosi e di talento, ma molte delle sue risorse erano donne con famiglia, o in procinto di costruirsene una, che non avevano capacità, motivazione e interesse per "crescere professionalmente". Tutti facevano, chi più chi meno decorosamente, il loro mestiere, cercando di far passare nel miglior modo possibile le otto ore che davano diritto allo stipendio. A che cosa sarebbe servito uno sforzo in più, un impegno maggiore, se tanto lo stipendio, l'attività, le prospettive sarebbero rimaste le stesse? Anzi: si andava sempre peggio!

Loredana aveva parlato di questo con Raffaella, la sua collega delle risorse umane, e avevano provato a motivare i collaboratori con eventi di team building, giornate di formazione, una tantum, aumenti, piccoli avanzamenti di carriera. Ma dopo una prima ventata di euforia e voglia di cambiamento i comportamenti erano mestamente tornati alla "normalità" di fronte all'ennesima riorganizzazione, ai nuovi processi decisi dalla casa madre, alle richieste di lavoro che si aggiungevano a quanto già stavano facendo.

Loredana faticava a motivare le sue persone. Avrebbe voluto avere il tempo per avviare i percorsi di coaching su cui era stata formata. Almeno con alcuni dei suoi collaboratori, quelli più motivati. Perché la prova che aveva fatto con uno dei suoi diretti riporti dopo il corso era stata soddisfacente per entrambi.

Ma ogni giorno Loredana doveva presenziare a un meeting, a una o più conf call. Doveva risolvere il problema delle collaboratrici che non riuscivano a trovare un accordo per le ferie. Doveva decidere cosa fare con il cliente che non aveva ricevuto il prodotto e si rifiutava di pagare. Doveva spiegare a un commerciale perché avevano deciso di avviare una pratica di recupero credito con un cliente moroso. Doveva rispondere al team leader del progetto sul CRM che richiedeva l'analisi che avevano condiviso. Doveva, doveva, doveva... È naturale che poi una si svegli tutte le mattine alle cinque stressata, pensava Loredana, mentre si rammaricava di non poter dedicare più tempo alla gestione dei suoi collaboratori.

Aveva anche provato a delegare parte delle sue attività. Anche questo le era stato insegnato in un corso sulla gestione dei collaboratori. E sebbene all'inizio Loredana fosse restia a delegare le sue cose, perché preoccupata che nessuno avrebbe saputo fare come lei, aveva condiviso e fatto suo lo scopo di delegare con l'intento di far crescere le sue risorse.

La delega aveva sicuramente funzionato. Ma le sembrava che, appena riusciva a svuotare parte del contenitore delle sue attività, c'era qualcuno più in alto, pronto, per chissà quale ragione, a riempirlo nuovamente di altre incombenze che lei doveva prima di tutto apprendere per poi eventualmente delegare.

Ogni volta che delegava, pur riuscendo a spiegare il motivo per cui lo faceva e lo scopo di sviluppo che ogni delega portava con sé, Loredana si sentiva quel qualcuno più in alto che svuotava i detriti di un infernale processo di produzione di attività su quelli che stavano più sotto, fino all'esplosione!

Bastaaaaa…

L'unico sollievo era che quest'anno finalmente sarebbe stato possibile inserire due risorse all'interno dei suoi reparti. Era da tempo che i suoi collaboratori la sollecitavano a fare la richiesta, suffragandola ogni volta con analisi statistiche, fogli excel, controllo dei tempi. Loredana sapeva che avevano ragione, ma conosceva anche i piani aziendali e le difficoltà di sostenere nuove assunzioni quando in altre filiali estere si facevano piani di outsourcing o di spostamento di parte delle attività in paesi dove il costo del lavoro era minore.

Quest'anno però aveva preso il coraggio a due mani ed era riuscita a convincere Carlo, il suo direttore generale, che senza le due risorse il rischio di non fornire i servizi richiesti era altissimo.

Loredana, alle otto e cinque del mattino, ritrova un po' di carica a questo pensiero e mentre legge la posta trova la mail di Carlo che annuncia la riunione per oggi alle ore nove per comunicazioni importanti.

"Per fortuna che arrivo alle otto" pensa Loredana, mentre scorre le altre mail e si chiede quali saranno queste comunicazioni importanti, "altrimenti non avrei avuto tempo di organizzare la giornata prima della riunione".

Matteo

Matteo è soddisfatto della serata di ieri.

Periodicamente si ritrovano con i suoi compagni del MBA e ieri sera la cena era andata proprio come l'aveva immaginata.

Avevano scelto uno dei migliori ristoranti di Milano e, al momento di scegliere il vino, Matteo aveva chiesto ai compagni se poteva fare lui.

Nessuno sapeva che aveva da poco terminato il corso di sommelier e Matteo non vedeva l'ora di dimostrare a tutti l'arte che aveva imparato. Non lo aveva fatto per snobismo o narcisismo. A lui piaceva eccellere in tutto quello che faceva.

Che si trattasse dell'Università, dove si era laureato nei tempi previsti con centodieci e lode, o dello sport, dove aveva gareggiato a livello agonistico nel tennis, raggiungendo ottimi risultati a livello nazionale, e ora nel golf, dove riusciva a ridurre il suo handicap a ogni gara che faceva.

Sciava, faceva vela, windsurf e kitesurf. Andava in palestra, dove aveva iniziato a fare crossfit. E in tutti gli sport riusciva sempre a divertirsi e a ottenere ottimi risultati.

La soddisfazione di riuscire sempre in quello che decideva di fare e l'orgoglio che sentiva tutte le volte che, con impegno, riusciva a raggiungere il risultato che si era prefissato, erano le gioie più grandi per Matteo. In quei momenti si sentiva vivo, bravo, soddisfatto e la sua autostima si riempiva di carburante che gli sarebbe servito per affrontare la sfida successiva.

Da quando aveva iniziato a lavorare in una delle più prestigiose multinazionali al mondo, aveva deciso di diventare un top manager e aveva capito che, per diventarlo in fretta, doveva elevare anche la sua cultura e dare un ulteriore contributo di eccellenza alle competenze manageriali che aveva imparato al Master in Business Administration e per sviluppare il networking necessario a crescere.

Matteo aveva ripreso a leggere i classici che aveva studiato quando aveva fatto il liceo. Aveva iniziato a frequentare le mostre degli artisti più famosi, a presenziare ad eventi e congressi sui temi più attuali.

Anche l'idea di partecipare ad un corso di sommelier gli era venuta perché una sera, a una cena organizzata al Rotary club di cui la sua famiglia era socia, aveva osservato compiaciuto la capacità di un imprenditore loro amico di discutere dei vini che venivano serviti durante la cena.

Per ogni vino il loro amico aveva un commento. Ne sapeva spiegare la provenienza e le uve. Dialogava alla pari con il sommelier che decantava le qualità dei vini serviti e sembrava provare un puro godimento nel gustarli, nel riconoscerne i sapori, nell'apprezzarne il perfetto abbinamento con i cibi delle diverse portate.

Matteo guardava ammirato e si accorgeva che l'attenzione di tutti era su questo amico. Quando lui iniziava a parlare, gli altri tacevano e ascoltavano. Gli uomini con gesti di approvazione, pronti a intervenire a loro volta se avevano un'opinione condivisa, o con battutine di confronto, dirette a provocare possibili divergenze, ma sempre avendo lui come riferimento. Le donne partecipavano con sguardo ammirato, pronte a elogiare, stimolare, stuzzicare, flirtare.

Matteo osservava e nella sua testa si andava formando un modello ideale di ciò che avrebbe voluto diventare.

Il corso di sommelier era un altro di quei tasselli utili alla sua evoluzione verso l'eccellenza e la serata di ieri era stata la prima prova che era sulla buona strada.

Alla sua richiesta di poter scegliere il vino, i compagni di MBA lo avevano guardato un po' stupiti e incuriositi; pronti, come tutti i giovani rampolli di famiglie benestanti, a trovare un'altra occasione per competere, mostrare le proprie abilità, superare gli altri.

Una dichiarazione così aperta metteva Matteo nella condizione di avviare una possibile competizione, una prova cui nessuno si sarebbe sottratto. E il fatto che la sfida lanciata esponesse lui solo, in prima persona, la rendeva agli altri ancora più interessante. Nulla da perdere e tutto da guadagnare. Lui solo sotto i riflettori, sapendo che nessuno avrebbe applaudito se avesse fatto bene, ma che tutti avrebbero giudicato se avesse fatto male.

All'arrivo del sommelier Matteo aveva deciso di giocare subito il carico e di ordinare un vino poco conosciuto ai più, ma riconosciuto tra i dieci vini più buoni al mondo: un Flaccianello della Pieve del 2007.

Il sommelier aveva alzato lo sguardo verso Matteo, sorpreso e compiaciuto da questa richiesta, e con ampi assensi del capo aveva detto: «Ottima scelta, signore».

Matteo aveva ringraziato il sommelier a sua volta, aggiungendo che gli sembrava il vino più adatto per il menù che avevano scelto e quindi aveva rivolto il suo sguardo confidente verso tutti i commensali, pronto a giocare la sua sfida. Contro qualsiasi mossa che chiunque avesse fatto.

E le espressioni che aveva letto sui loro visi gli avevano fatto subito capire che la sfida era vinta.

Qualche commento di stupore da parte di chi non conosceva nulla o quasi dei vini, qualche sguardo ammirato e sorpreso, qualche immediato tentativo di sviare la discussione su altri argomenti in cui sentirsi più a proprio agio. Qualcuno aveva ripreso in mano la carta dei vini per capire se potesse trovarci qualche falla da sfruttare o semplicemente per vedere il prezzo di questo vino che non aveva mai sentito.

Ma Matteo ormai era sicuro che la serata sarebbe andata benissimo.

E la serata era andata benissimo.

Gli avevano chiesto da dove arrivasse tanta perizia e lui aveva potuto raccontare del suo corso di sommelier e aggiungere tutte le altre cose che stava facendo in quel periodo, con la scusa di aggiornarli dopo tanti mesi che non si vedevano.

Qualsiasi cosa Matteo dicesse, che fosse sullo sport, sugli ultimi avvenimenti politici, sugli accadimenti mondani, la sua opinione acquisiva per incanto il valore di una profondità che certo doveva avere chi aveva dimostrato una così grande cultura sui vini, e non solo.

Matteo ripensava alla serata e sorrideva compiaciuto di sé.

Una sola cosa lo aveva indispettito e messo in difficoltà.

Mentre tutti avevano iniziato a ragguagliare gli altri sul percorso delle loro strade professionali dopo il Master, uno dei suoi compagni, quello con cui più spesso Matteo si trovava a competere e a stuzzicarsi, aveva orgogliosamente dichiarato di essere diventato partner di una delle società di consulenza più prestigiose al mondo. «Forse la migliore» aveva aggiunto, «secondo una recente indagine della Harvard Business Review. E la parte di cui vado più orgoglioso» aveva proseguito, «è che sono il partner più giovane in Italia».

«Propongo quindi un brindisi a me stesso» aveva infine annunciato, dopo aver atteso un momento per lasciare agli altri la possibilità di congratularsi, «con questo fantastico vino, di cui non ricordo il nome, ma che è davvero buonissimo» guardando Matteo con un sorriso malizioso.

 Poi, dopo il brindisi, avendo sempre l'attenzione di tutti su di sé, aveva chiesto a Matteo: «E tu? Sei sempre il direttore amministrativo o ti hanno finalmente promosso?».

Matteo avrebbe voluto alzarsi e affrontarlo di petto. Avrebbe voluto ribattere che non era solo un direttore amministrativo. Che nel suo ruolo era responsabile anche del controllo di gestione e di tutta la parte finanziaria. Che da poco gli avevano anche affidato la responsabilità del reparto IT e che nell'ultimo colloquio con Carlo e Raffaella era stato rassicurato sul fatto che presto avrebbe potuto fare anche l'esperienza nel commerciale o nel marketing, che in una multinazionale come la loro era necessaria per puntare al ruolo di direttore generale.

Matteo non aveva mai nascosto ai suoi interlocutori in azienda che il suo obiettivo era diventare Vice President. L'ingresso nel controllo di gestione e poi via via la crescita nel reparto finanziario erano i passi condivisi con l'azienda per crescere. Ogni anno Matteo assumeva un nuovo incarico ed era in attesa che si liberasse un posto nelle vendite o nel marketing per fare finalmente l'esperienza con cui completare il suo profilo ed essere pronto per un ruolo di più alto livello.

Avrebbe voluto dire al suo compagno che nel giro di qualche anno avrebbe occupato un ruolo di alta responsabilità in azienda, ma farlo adesso, dopo la sua domanda, gli dava la sensazione di volersi quasi giustificare. Come quando da bambino inventi chissà quale bugia pur di difenderti dagli attacchi degli altri. "Sì ma tanto io presto sarò più bravo di te!".

Matteo stava imparando a gestire queste situazioni.

Anche in azienda i colleghi più anziani spesso lo stuzzicavano, lo mettevano alla prova. Lui, così giovane e inesperto, in una posizione manageriale a decidere per loro.

Aveva imparato a non reagire d'impulso. Ad ascoltare e a cavarsela diplomaticamente, per aspettare il momento opportuno e dimostrare che aveva ragione.

Matteo aveva alzato il suo bicchiere e guardando il suo compagno aveva risposto «Per ora posso solo unirmi al tuo brindisi, perché non ho ancora raggiunto il ruolo che voglio. E quando toccherà a me brinderemo con un vino ancora più pregiato. Congratulazioni!».

Stamattina Matteo è in ufficio e sta ripensando alla serata di ieri mentre prepara i report per andare alla riunione che Carlo ha convocato.

Può benissimo immaginare di cosa vuole parlare Carlo. Avendo sotto la sua responsabilità il controllo di gestione, sa che sono sotto il target e sa della conf-call con l'headquarter.

Andare alla riunione con i report già stampati gli servirà ancora una volta a dimostrare quanto sia abile e proattivo.

Elena

"Chissà cosa vorrà dirci Carlo?" pensa Elena mentre guarda con apprensione le duecentocinquanta mail che ha ricevuto negli ultimi tre giorni.

Ogni volta che il suo ruolo di marketing manager la porta fuori sede per qualche giorno, Elena si ritrova a dover gestire una situazione che le sembra ormai fuori controllo. Decine e decine di mail che le arrivano da tutte le parti, che lei deve necessariamente leggere e capire per poter rispondere. Il global marketing department che ha avviato un nuovo progetto o vuole ragguagli sui progetti in corso; i fornitori che chiedono l'autorizzazione a procedere secondo quanto condiviso; i partner delle società di comunicazione che segnalano argomenti di interesse o propongono iniziative promozionali; gli area manager che richiedono un suo intervento, copia della presentazione, una risposta alla domanda fatta solo qualche ora prima; i suoi collaboratori che propongono un meeting, la aggiornano, la informano e tutti gli altri colleghi che pensano che il marketing abbia la soluzione a tutti i problemi di vendita che stanno incontrando.

Fino a qualche tempo fa Elena era riuscita a gestire questa situazione con disinvoltura e soddisfazione.

Ogni stimolo rappresentava l'occasione per affermare il suo ruolo e le sue capacità. Ogni progetto un'opportunità per solleticare la sua curiosità intellettuale e la sua voglia di trovare soluzioni creative e innovative e contribuire alla crescita del business. Ogni contatto la possibilità di sfoggiare le sue capacità relazionali, ampliare la sua rete di conoscenze, trovare stimoli per la sua ricerca di socialità. Ogni mail un'opportunità.

Elena viveva da sola e aveva volontariamente dedicato la sua vita alla ricerca del successo in un ruolo che fin da piccola aveva sempre desiderato. Essere il marketing manager di una grande azienda multinazionale le dava la possibilità di trovare tutte le soddisfazioni che cercava. I contatti con il mondo della comunicazione e della pubblicità. La partecipazione a eventi, congressi, party. Le relazioni con persone sempre diverse, interessanti, estroverse, cool, come le dicevano i suoi nipoti quando raccontava che era stata negli Stati Uniti per un forum o che aveva cenato con personaggi noti del mondo dello spettacolo che avrebbero fatto da testimonials al loro prodotto.

Anche la possibilità di viaggiare e muoversi, sempre in posti e location raffinati e alla moda, era una parte del suo ruolo che Elena apprezzava enormemente.

E queste soddisfazioni erano finora riuscite a compensare i rari momenti di tristezza che le dava la sua vita da single. Quando la sera tornava a casa tardi e stanca e si trovava da sola a cenare in cucina con la radio o un vecchio cd a farle compagnia. Oppure quando si sentiva isolata in mezzo a donne della sua età che parlavano di bambini appena nati, di riunioni a scuola, della prima gara vinta dalla figlia. O quando alle classiche cene di famiglia i suoi genitori, fratelli e parenti, in maniera velata o diretta, la provocavano chiedendole come mai non avesse ancora trovato un marito o cercavano di non farla sentire in imbarazzo quando parlavano dei nipotini, della gioia che tutti i bambini danno e dei valori importanti della vita: altro che la carriera!

Da qualche tempo Elena aveva iniziato a riflettere sulla sua vita, soprattutto quando era sola e particolarmente stanca e aveva iniziato a chiedersi se tutta la sua dedizione al lavoro avesse davvero un senso. Le bastava però essere coinvolta in un nuovo progetto o raggiungere un buon risultato di business per ritrovare immediatamente l'entusiasmo.

E in più tutte le volte che riceveva un invito in discoteca o a un happy hour da un nuovo maschio conosciuto per lavoro, Elena tornava a nuova vita.

Le ore spese in palestra portavano finalmente il loro return on investment. I soldi spesi in shopping ed estetista potevano realizzare il loro scopo. Le lezioni di ballo le davano l'opportunità di sedurre. In questi incontri Elena si sentiva a suo agio, libera, bella, desiderata. I pensieri tristi o il rammarico per una vita diversa, forse perduta per sempre, lasciavano spazio all'euforia per un nuovo incontro, all'eccitazione per una nuova possibile conquista, alla gratificazione per i complimenti che sempre riceveva quando iniziava una nuova storia.

Ultimamente però gli inviti agli happy hour e in discoteca si erano tramutati in inviti a cena o a teatro e i nuovi incontri spesso erano con uomini sposati o separati che cercavano solo una distrazione, un'avventura o il vero amore da cui ricominciare.

Elena aveva imparato a gestire e assaporare queste diverse forme di corteggiamento, a volte molto più dirette e sbrigative per arrivare immediatamente al dunque, altre volte più sentite, riflessive, introspettive, quasi come una seduta dalla psicologa.

Apprezzava, ma contemporaneamente aveva iniziato a essere più selettiva. E con la selezione ovviamente era diminuita la quantità di incontri, forse anche per il leggero venir meno dell'energia collegata all'avanzare dell'età.

Uscire meno significava avere più momenti di riflessione e di solitudine che, inconsapevolmente o consapevolmente, Elena riempiva di impegni lavorativi. Quelli tanto non mancavano mai!

Erano tante ormai le sere in cui si trovava dopo cena a leggere le mail che non aveva potuto leggere durante il giorno, con la scusa che così avrebbe potuto organizzarsi meglio il giorno seguente o pianificare e preparare gli impegni successivi.

E le soddisfazioni, almeno quelle professionali, erano arrivate. La sua energia poteva essere canalizzata verso uno scopo.

Ma questo equilibrio si era improvvisamente rotto qualche mese addietro. Quando, per colpa del reparto marketing mondiale, il lancio del nuovo prodotto era stato posticipato.

Da quel momento l'organizzazione e i colleghi aveva iniziato a guardare il marketing ed Elena con occhi diversi.

Dapprima con la solidarietà e compassione che merita chi viene ingiustamente incolpato per un errore non suo. Poi, quando la pressione per i risultati che non arrivavano aveva iniziato a salire, con il distacco di chi si vuole apertamente differenziare e infine con l'acredine di chi cerca a tutti i costi un capro espiatorio per giustificarsi e salvare la propria pelle.

Da quella disgraziata comunicazione che il lancio era stato posticipato, la vita in azienda per Elena era cambiata!

Sembrava che ogni fallimento o difficoltà fosse da attribuire al reparto marketing che non dava il supporto necessario, non teneva conto dei bisogni dei clienti, chiedeva cose assurde a chi, sul territorio, si faceva il mazzo per non farsi rosicchiare altre quote di mercato dalla concorrenza.

Se il conflitto diventava evidente, solo i suoi colleghi di vecchia data Andrea e Raffaella intervenivano per ricordare che la colpa non era sua e che non era nemmeno sensato cercare ancora adesso di chi fosse la colpa; ma gli altri, Carlo e soprattutto Matteo, la guardavano con occhi diversi. Elena ne era sicura.

E ne aveva avuto la conferma osservando l'abbassamento di motivazione e di determinazione dei suoi collaboratori. L'atteggiamento passivo e remissivo che alcuni di loro avevano iniziato ad assumere con i colleghi e nelle riunioni. L'assenza di difesa che riscontrava nei suoi collaboratori ad ogni riunione fatta con la forza vendita.

Elena era dovuta intervenire per difendere i suoi ed era proprio per questo motivo che aveva deciso di affiancarli nelle riunioni locali di vendita che avevano fatto negli ultimi tre giorni.

La sua presenza era servita a evitare che le accuse verso il marketing fossero espresse ad alta voce, così come era avvenuto alle riunioni del mese precedente, ma non era servita a evitare gli sguardi di accusa, avversione, malevolenza che ogni venditore e ogni area manager rivolgeva loro o si scambiava a ogni iniziativa presentata dal marketing.

Questo clima stava erodendo il suo entusiasmo e la sua energia. Per questo motivo ultimamente anche la lettura delle mail stava diventando un motivo di apprensione.

Ogni mail poteva nascondere un'accusa, un rimprovero, una ricerca di alibi. Elena doveva leggere attentamente anche le più piccole sfumature per evitare reazioni sbagliate da parte sua, dei suoi collaboratori e dell'organizzazione. Serviva attenzione, cautela, sensibilità, ma anche oggettività, determinazione, forza. Serviva tanta, tanta energia. Forse troppa per le capacità umane e la resistenza psicologica di Elena.

Con questo stato d'animo stamattina stava leggendo le duecentocinquanta mail e si era soffermata in particolare su quella di Carlo.

"Chissà cosa vorrà dirci Carlo?" pensa Elena mentre il suo sesto senso inizia a mandarle dei messaggi che le dicono di prepararsi con attenzione alla riunione.

 Elena lascia perdere tutte le altre mail, respira profondamente, come quando ci si prepara a uno sforzo significativo, e inizia a pensare: "Di cosa potrebbero accusarmi questa volta?".

Staff meeting

«Buongiorno» dice Carlo con serietà mentre entra nella sala riunioni dove i suoi diretti riporti lo aspettano e prende il suo posto a capo tavola poggiando sul tavolo il suo personale quaderno degli appunti.

È il segnale che le chiacchiere devono terminare, i computer e i cellulari vanno spenti o silenziati, ognuno deve prendere posto. La riunione è iniziata.

Matteo, seduto alla sua destra, chiude il pc e mette in ordine i fogli dell'ultimo report finanziario che ha stampato stamattina. I dati del target sono sempre gli stessi: meno 6%.

Andrea e Raffaella siedono uno accanto all'altro, come da sempre negli staff meeting. Vendite e risorse umane unite in sodalizio professionale e da una stima e amicizia reciproca che li lega. Andrea continua a sorridere a Raffaella, probabilmente per qualcosa che si stavano dicendo quando Carlo è entrato e mantiene il suo sorriso guardando i colleghi con la speranza di contagiare positivamente un ambiente che sembra essersi irrigidito all'ingresso di Carlo.

Loredana, con il solito atteggiamento ansioso di chi non riesce a stare dietro ai molteplici impegni che pressano, si giustifica con Carlo chiedendo di poter terminare una mail in risposta a un venditore che le ha chiesto un'autorizzazione per un'operazione che deve concludere oggi e accelera il battito dei tasti sul pc per dimostrare che nel giro di pochi secondi sarà pronta e attenta.

Carlo la guarda spazientito e non perde l'occasione per ricordarle che deve imparare a delegare perché non è possibile che tutto passi da lei. Loredana annuisce distratta ma continua a picchiettare sul suo pc mentre prova a giustificarsi.

Elena osserva, distante, seduta nella sua postazione e cerca di tranquillizzare il suo sesto senso che già all'arrivo di Carlo le aveva fatto percepire un'atmosfera pesante.

«Ho organizzato questo incontro perché, come sapete, siamo sotto al target del 6% e Ray ci ha chiesto di intervenire immediatamente per raggiungere il target!» inizia Carlo, senza alcun preambolo e guardando ognuno dei suoi collaboratori per sottolineare la gravità di ciò che sta dicendo.

Matteo si raddrizza sulla sedia, sporgendosi in avanti e prende in mano i fogli del report, pronto a intervenire.

Loredana smette di picchiettare sul suo pc, chiude lo schermo e fa un profondo respiro per sottolineare che ha capito l'importanza della comunicazione e che da adesso in poi sarà concentrata sulla riunione.

Andrea smette di sorridere e guarda Carlo aspettando che prosegua perché ha imparato a conoscerlo e sa che non è ancora arrivato il momento di dire niente.

Raffaella ascolta e nella sua mente inizia a elaborare le possibili conseguenze di ciò che questo potrebbe comportare e gli scenari che le si presentano non la tranquillizzano affatto, anzi.

Elena inizia a irrigidirsi. L'inizio della riunione non promette nulla di buono.

«Non credo serva ritornare sui motivi per cui siamo sotto il target» prosegue Carlo dopo un lungo silenzio, «anche se molti dei motivi dipendono da nostre inefficienze».

Lo sguardo che Carlo lancia a tutti è di quelli che non ammettono repliche.

«Ciò che dobbiamo decidere oggi sono due cose. La prima è come fare per vendere di più nei prossimi tre quarter e la seconda è cosa tagliare per ridurre i costi».

Carlo si zittisce e aspetta.

Il suo temperamento lo porterebbe a chiedere immediatamente quali sono le possibili soluzioni per questi due obiettivi, ma ha imparato a dare spazio a eventuali resistenze che, se inascoltate, porterebbero ad atteggiamenti controproducenti.

Rimane in attesa, ma si percepisce la sua impazienza.

Il primo a parlare è Andrea. Il suo ruolo di direttore vendite e la sua anzianità lo richiedono e gliene danno diritto.

«Capisco perfettamente le richieste dell'headquarter». Andrea ha imparato a mettersi nei panni degli altri e a vedere le cose dal loro punto di vista prima di controbattere e ha scoperto che questo comportamento è un indice di empatia, se autentico. Non sa se riesce ad essere autenticamente empatico adesso, ma ormai fa parte del suo modo di comportarsi e gli viene spontaneo iniziare così. Poi però bisogna proseguire dichiarando le proprie posizioni.

«Ma sappiamo benissimo che la nostra forza vendite sta già facendo il massimo e che le vendite non arrivano come da aspettative non per la nostra incapacità o inefficienza, ma per un oggettivo ritardo che ci ha penalizzato».

Andrea guarda Elena e le fa un cenno per farle capire che non la ritiene responsabile e subito aggiunge rivolto a Carlo: «E concordo con te che non serve tornare sui motivi di questo ritardo. Dico solo che Ray non può addebitare a noi un errore che è stato fatto a livello di headquarter».

Elena fa una smorfia sconsolata, quasi a ripetere che lei è da tempo che lo sta dicendo ma che nessuno sembra ascoltarla. Poi guarda Andrea e annuisce per ringraziarlo.

Carlo ascolta ma inizia a strofinarsi nervosamente le mani mentre reprime la sua voglia di ribattere immediatamente.

«Sinceramente non credo sia possibile fare molto di più di ciò che stiamo attualmente facendo» aggiunge Andrea. «Sentirò tutti gli area managers per fare il punto della situazione e vedere se è possibile aumentare le vendite con dei piani promozionali per i clienti più importanti e con una revisione del piano visite che abbiamo impostato. Ma sappiamo tutti perfettamente che i nostri uomini sono già sotto pressione e stanno facendo un gran lavoro semplicemente per mantenere gli ordini con gli attuali clienti».

«Forse non ti è chiara la situazione» incalza Carlo. «Abbiamo stabilito un target a inizio anno e dopo tre mesi siamo già sotto del 6%. Come credi che possa reagire il mio capo a questa situazione!».

«Il target è stato stabilito, ma non da noi» si scalda Andrea. «E ti ricordi benissimo quanto abbiamo lottato e discusso per questo target insensato. E tu eri d'accordo con noi. Solo che non è stato possibile modificarlo, ma ci avevano detto di dare il massimo perché conoscevano la situazione e ne avrebbero tenuto conto. Adesso non possono venire a chiederci l'impossibile. E non saremo mica gli unici in Europa ad essere sotto il target!» sbotta Andrea che proprio non riesce a mantenere la calma quando si trova di fronte a comportamenti così incoerenti.

«Vuoi la mia comprensione?» chiede stizzito Carlo. «Ce l'hai! E a che ti serve?! Non è con la comprensione che vanno avanti le multinazionali! Vanno avanti con il profitto. E se fossi al posto di Ray chiederei esattamente la stessa cosa perché è questo che serve adesso. E non venire a dirmi che non si può fare di più perché sono stato venditore anch'io e so che c'è sempre spazio per fare di più. È che molti dei nostri venditori ormai si sono seduti e vivono di rendita e non hanno più voglia di tornare a battere le strade come si faceva un tempo. Non hanno più voglia di ricevere porte in faccia e non sanno più dire di no al cliente. Accettano tutto senza lottare e alle cinque, se non prima, se ne tornano a casa con la scusa che devono fare l'attività amministrativa!».

Carlo sbuffa e guarda altrove. Si sta scaldando, lo sente. Tuttavia non serve a nulla litigare con Andrea.

Andrea vorrebbe replicare, ma sa che non è colpa di Carlo. Lui sta solo facendo ciò che richiede il suo ruolo.

Ne hanno parlato tante volte a cena. Di come Carlo non sopporti più il modo in cui le aziende pretendano ogni anno un target più alto. Di come vorrebbe poter mandare tutti a quel paese e prendersi una casetta sul lago dove andare a pescare ogni giorno. Di quanto gli manchi la sua famiglia, con i figli che crescono e che lui vede sempre più raramente.

Non è colpa di Carlo, pensa Andrea mentre si alza dalla sua sedia e inizia a strofinarsi le mani sul volto per cercare di calmarsi e di trovare una via d'uscita.

Ma qualcuno dovrà pur mettere fine a questa follia. Qualcuno dovrà pur trovare il coraggio di andare da Ray e dire che stanno chiedendo una cosa impossibile.

Matteo osserva questa dinamica e assiste riflessivo al silenzio che si è creato nella sala riunioni. Carlo e Andrea sembrano tornati al proprio angolo dopo un primo round a cercare la forza per riprendere un combattimento reso assurdo dal fatto che nessuno dei due vorrebbe combattere. Due gladiatori costretti a sopraffare l'avversario per il solo svago di un capriccioso imperatore.

Nessun altro sembra in grado di poter prendere la parola, in attesa che i due contendenti principali riprendano posto sul ring. Spettatori passivi di un incontro-scontro che avrà conseguenze per tutti.

Loredana non sa proprio cosa dire perché lei di vendite non ne sa molto. Nessuno poi sarebbe interessato al suo parere. Spera solo che la riunione finisca presto per tornare a risolvere i suoi problemi operativi.

Elena ha lo sguardo abbassato. Sa che non deve sentirsi responsabile ma non riesce a liberarsi dal senso di colpa, dispiacere e impotenza che la fa chiudere in sé. Incapace di dare un contributo adesso.

Raffaella guarda Carlo e Andrea e vorrebbe alzarsi a rincuorare entrambi perché capisce i rispettivi punti di vista e motivazioni. Vorrebbe mettere una mano sulla spalla dei suoi due colleghi e dire che tutto si sistemerà ma si sente ridicola e imbarazzata al solo pensiero di farlo. Allora cerca lo sguardo di uno e poi dell'altro per provare almeno con gli occhi a rassicurarli, a far sentire loro la sua comprensione, a far ritrovare quella vicinanza di cui hanno tutti bisogno adesso. E rimane in attesa dei loro sguardi che però in questo momento non riescono a trovarla.

Matteo osserva. Lui non si ritrova in questo clima di impotenza e disfattismo. Lui ha sempre trovato il modo per reagire e superare ogni ostacolo. Sa che, per raggiungere gli obiettivi, per fare carriera, serve coraggio. E anche se è il più giovane decide di rompere gli indugi.

«Io credo che a Ray interessi soprattutto vedere un'inversione di rotta!».

Silenzio.

Carlo e Andrea dirigono contemporaneamente lo sguardo verso Matteo, sollevati da questo diversivo che consente di sospendere la ripresa delle ostilità.

Loredana lo guarda stupita, ma al contempo speranzosa. Magari l'intervento di questo giovane impudente contribuirà a velocizzare questa riunione.

Raffaella ha un materno istinto di orgoglio. Matteo è stato assunto anche grazie al suo contributo. Dopo i primi colloqui di selezione Carlo lo riteneva un giovane figlio di papà, troppo pieno di sé ma Raffaella aveva insistito per dargli un'opportunità perché aveva visto del potenziale. Ogni volta che lei e Carlo incontravano Matteo per discutere del suo percorso di carriera, Raffaella doveva passare un po' di tempo, sia prima che dopo il colloquio, a calmare Carlo che vedeva nelle richieste del giovane MBA solo pretese e impazienza.

E adesso questa improvvisa uscita poteva essere la dimostrazione di averci visto giusto, pensa Raffaella, che apprezza il coraggio di Matteo e soprattutto l'opportunità che il suo intervento può dare per modificare il clima della riunione. Chissà cosa dirà adesso, si chiede Raffaella, con un misto di aspettativa e di preoccupazione.

«Io credo che Ray sappia benissimo che il target non verrà raggiunto» continua Matteo con calma. «Ne parlavo con Bill nell'ultima conf-call che abbiamo avuto e la mia impressione è che Bill sappia benissimo che è impossibile raggiungere quel target. E se lo sa Bill, lo sa anche Ray!».

"Interessante" pensa soddisfatta Raffaella.

Carlo si fa serio e ascolta. Andrea si risiede. Anche Loredana sembra rilassarsi mentre Elena non riesce a capire se deve ringraziare Matteo o iniziare a temerlo.

«Se guardiamo ai dati dei report» prosegue Matteo sollevando le carte che tiene tra le mani, «e li confrontiamo con l'andamento delle vendite dello scorso anno, possiamo vedere che sarà difficilissimo se non impossibile raggiungere il target».

Matteo si ferma per una conferma da parte di Carlo che lo guarda sospettoso e con una leggera irritazione. Vorrebbe bloccare da subito la strada a questa possibile lettura dei dati ma vuole capire la logica del discorso prima di intervenire per cui fa cenno a Matteo di andare avanti.

«Io credo che l'headquarter si aspetti una percentuale del 4-5% in meno rispetto al target e che stia spingendo per arrivare a un 2-3% in meno. Se a questo risultato aggiungessimo anche una sostanziale riduzione dei costi, penso che potremmo raggiungere un margine operativo sostenibile per il CDA».

Silenzio.

Sguardi su Matteo e poi su Carlo.

«Che ne pensi Carlo?» chiede Andrea. «Tu che conosci Ray, credi che sia una lettura sensata?».

L'attenzione è su Carlo. È lui il Country Manager. È lui che dovrà gestire la relazione con Ray. È a lui che spetta la decisione finale. Se lui accetta tutti potranno essere soddisfatti.

«Non credo che Ray sarà soddisfatto se dovessimo arrivare sotto target. E non sarei soddisfatto nemmeno io».

Silenzio.

Qualche sguardo si abbassa ma si percepisce che Carlo sta lasciando aperto qualche spiraglio.

Attesa.

«Io penso che questa situazione ci serva per mettere a posto le inefficienze che ancora abbiamo. Sapete perfettamente come la penso e sapete benissimo quali sono le aree e le persone su cui dobbiamo intervenire. Indipendentemente dal target non penso che la nostra organizzazione stia girando come potrebbe e qualche cambiamento dovrà essere fatto!».

Ci sono spiragli, pensano tutti con sollievo.

«Ci serve da subito un deciso incremento delle vendite e devi essere chiaro» rivolto ad Andrea, «verso i tuoi uomini che non esistono più alibi. Le competenze per fare il loro mestiere dovrebbero averle, con tutti i soldi che abbiamo speso in formazione» questa volta lo sguardo va verso Raffaella. «Se servono più visite, dovranno fare più visite. E quelli che non riescono a portare i risultati non rimarranno nella nostra organizzazione!».

Silenzio.

«Dopo questa riunione ci fermiamo io Andrea e Matteo per andare nel dettaglio e definire dei chiari piani di azione per ogni area!».

Raffaella vorrebbe rispondere sulla formazione ma sa che non è il momento né il luogo per farlo e si sente comunque soddisfatta per la piega che ha preso la riunione. Darà il suo feed-back a Carlo in separata sede.

Elena vorrebbe chiedere a Carlo perché lei, che è del marketing, non è stata invitata a fermarsi dopo la riunione. È stata una dimenticanza o un chiaro segnale? Prova a incrociare lo sguardo di Carlo per avere qualche indicazione in più e riuscire a interpretare la sua scelta. O per dargli la possibilità di rimediare, se è stata una dimenticanza. Ma Carlo non guarda nella sua direzione ed Elena non se la sente di sollevare adesso la questione.

«Dobbiamo anche migliorare il servizio alle vendite» riprende Carlo, «che avranno bisogno di tutto il supporto delle funzioni di sede».

«Non è ammissibile che ancora adesso ci siano lamentele sulle procedure che rendono difficile la vendita, che il servizio clienti non dia il supporto necessario, che quando i venditori chiamano a fine giornata non trovino più nessuno in ufficio!».

«È arrivato il momento di risolvere definitivamente queste situazioni» rivolto a Loredana. «Prendi accordi con Andrea e Raffaella per fare una lista di tutte le cose che non funzionano e soprattutto delle azioni che dobbiamo avviare perché vengano definitivamente risolte!».

Loredana, sentendosi ingiustamente accusata, non riesce a trattenersi. Le hanno detto mille volte di non reagire d'impulso. Di contare fino a dieci. Di assumere un atteggiamento negoziale quando si profila un possibile conflitto. Ma Loredana è troppo sotto pressione per riuscire a mettere in pratica adesso ciò che le hanno insegnato ed esplode, ribattendo con veemenza.

«Non puoi incolpare il mio reparto se le vendite non arrivano! Non è colpa nostra se il target che è stato fissato è impossibile da raggiungere!».

«Sai bene che siamo meno di quanti dovremmo essere e stiamo facendo il possibile per soddisfare tutte le richieste che arrivano ogni giorno! Io arrivo ogni mattina alle otto e non riesco ad andarmene a casa mai prima delle sette e mi ammazzo di lavoro per stare dietro a tutto! Siamo pochi e mi avete dato un obiettivo di riduzione delle ore di straordinario e di smaltimento delle ferie. Decidete cosa volete da noi! Le ragazze non possono fermarsi per lo straordinario e non possono accumulare ore di permesso. Abbiamo fatto un piano di smaltimento ferie, facendo incazzare metà delle persone a cui ho chiesto di prendersi mezza giornata di ferie a turno durante la settimana e loro mi dicono che non gli serve mezza giornata a caso».

Loredana prova a calmarsi ma sente che il sottile argine che tratteneva la sua frustrazione si è definitivamente rotto e non riesce a fermarsi.

«È da tempo che vi ho chiesto di inserire delle risorse nuove e quando le avremo forse riusciremo a soddisfare tutte le richieste che arrivano. Se nel frattempo volete anche il mio sangue, fatemelo sapere!».

Loredana smette di parlare e si copre il viso con le mani per trattenere le lacrime che sente esplodere per la rabbia e la frustrazione.

Carlo rimane seduto al suo posto, apparentemente impassibile, mentre scrive qualcosa sul suo quaderno. In realtà sta pensando che sono proprio questi i comportamenti che non sopporta. Le continue lamentele e richieste di chi non sa trovare soluzioni. La totale miopia di chi non si rende conto che chiedere nuovo personale adesso è assolutamente impossibile e insensato. "Dovrebbe pensare a come far lavorare davvero le risorse che ha, invece di lamentarsi" pensa Carlo.

Tuttavia non vuole dare voce a questi pensieri adesso. Non è ancora il momento. Meglio lasciarla sfogare.

Gli altri sembrano interdetti da questa esplosione di Loredana e non sanno come comportarsi.

Raffella, come responsabile delle risorse umane e come donna, sente il dovere di intervenire.

«Nessuno vuole il tuo sangue, Loredana. Stai tranquilla. Sappiamo tutti quanto ti impegni ogni giorno per fare fronte a tutto. Stiamo solo cercando il modo di andare tutti nella stessa direzione. Non ci sono due fazioni e sai bene quanto abbiamo fatto per avvicinare vendite e sede».

Raffaella guarda Loredana per vedere se sta riuscendo a calmarla e poi Carlo per invitarlo a dire qualcosa.

Carlo rimane impassibile ma non interviene. "Sei tu la responsabile delle risorse umane" sembra dire a Raffaella.

Questa riprende.

«Dobbiamo solo analizzare e ascoltare i problemi che ancora ci sono, spiegare a tutti quali sono gli obiettivi aziendali di adesso e trovare insieme il modo migliore per raggiungerli. Quante volte siamo riusciti in passato a mettere a posto situazioni che sembravano insanabili?».

Loredana si leva le mani dal viso e guarda Raffaella.

«Faremo degli incontri e vedrai che anche questa volta troveremo la soluzione».

Loredana sembra calmarsi. Accetta la mano che le sta tendendo Raffaella.

«Questa volta» interviene Carlo, «le persone devono capire che la situazione è seria e che non serve lamentarsi ma servono fatti concreti!».

«Certo Carlo» cerca di bloccarlo Raffaella che non riesce a trattenere un sospiro stizzito per la mancanza di sensibilità che Carlo mostra anche in questa occasione. «Dobbiamo prima comprendere che cosa non funziona e perché per poi intervenire. Ed è quello che faremo. Stai tranquillo».

Carlo non è soddisfatto della superficialità con cui gli sembra che si stia affrontando la situazione ma ha imparato ad accettare il buonismo di Raffaella. Ci sarà tempo per controllare.

E soprattutto c'è ancora il tema della riduzione dei costi che deve essere affrontato!

«Bene allora» prosegue con rinnovata energia, poggiando la penna sul quaderno e rialzando lo sguardo verso tutti, «passiamo adesso al secondo obiettivo della riunione e cioè come ridurre i nostri costi!».

Gelo!

Raffaella si morde le labbra e abbassa la testa mentre gli occhi le si chiudono. I peggiori scenari che aveva iniziato a immaginare a inizio riunione purtroppo stanno per avverarsi. Ha già vissuto queste situazioni in passato e sa quali saranno le spese che verranno sicuramente tagliate.

Tutti gli investimenti in marketing e formazione che non siano assolutamente necessari verranno cancellati. Aumenti, premi, una tantum, revisione delle procedure dei benefit: tutto bloccato! I contratti a termine non verranno confermati. Ci sarà un blocco delle assunzioni per cui addio ai tre giovani laureati.

Raffaella guarda Loredana e abbassa lo sguardo, impotente e dispiaciuta.

Lo sguardo di Loredana vaga nella direzione dei colleghi cercando di capire se anche loro sono rimasti sbalorditi, mentre si sforza di ricordare quali spese del suo reparto potranno essere bloccate. Poi incrocia lo sguardo di Raffaella, vede il dispiacere e capisce.

Addio alle assunzioni!

Il salvagente a cui si era aggrappata in questi ultimi mesi viene improvvisamente bucato e affonda nell'acqua. La fatica, la stanchezza, l'ansia e la frustrazione prendono il sopravvento. Un senso di impotenza inizia a pervadere Loredana. Si sente tradita, sfruttata, spremuta, presa in giro. E sente che ha solo voglia di lasciarsi andare. Di abbandonarsi completamente e farsi trascinare dalla corrente, dovunque vada. "Non me ne frega più niente" pensa Loredana. "Facciano ciò che vogliono. Io non ce la faccio più".

Andrea ripensa alla sensazione di stamattina in macchina, quando ballava felice. Prova ad aggrapparsi a quella sensazione per non lasciarsi andare alla demoralizzazione ma proprio non ci riesce. Quante volte si era detto che non serve a nulla lasciarsi andare a emozioni negative. Che le situazioni dipendono da come le interpretiamo e che siamo in grado di indirizzare i nostri pensieri verso emozioni positive. Andrea ci prova, voleva essere un fattore positivo in questa riunione. Vuole trovare un modo per sollevare il proprio morale e quello dei colleghi. Ma in questo momento la sua mente non può fare a meno di focalizzarsi su ciò che verrà tagliato. Perché lui sa già che cosa verrà tagliato. Anche quest'anno niente aumenti, niente premi, niente sales convention!

La sua mente, invece di immaginare scenari alternativi che diano motivazione, gli fa vedere le facce dei suoi uomini e i commenti quando dirà loro che dovranno aumentare l'impegno per vendere ma che non vedranno un soldo per questo ulteriore sforzo. E si sente improvvisamente stanco, svuotato, demotivato.

"Perché sono costretto a cercare le mie fonti di gioia ed entusiasmo al di fuori del lavoro?" pensa Andrea con dispiacere. "Perché mi sembra sempre più impossibile trovarle al lavoro?" E non riuscendo a dare il suo contributo adesso, rimane interdetto e silenzioso.

Matteo osserva le espressioni dei suoi colleghi e si rende conto di quanto siano diversi. Come possono non comprendere le normali dinamiche di un'azienda? Non riesce proprio a comprendere come possano essere ancora sopresi, dopo tanti anni di esperienza, che l'azienda abbia bisogno di ridurre i suoi costi per essere competitiva. Non riesce a non essere deluso dalle reazioni dei suoi colleghi. Quelle facce disperate e accusatorie nei confronti di Carlo che in fondo sta solo dicendo le cose come stanno! Del resto lo aveva dichiarato all'inizio della riunione: il nostro obiettivo di oggi è capire come aumentare le vendite e come ridurre i costi. E adesso tutti sembrano sopresi! Cosa avrebbe dovuto fare Carlo? Dire: "Ragazzi mi dispiace. Vedo che non è il momento di parlare di costi perché siete tutti un po' scossi e quindi rimandiamo a un altro momento, quando saremo tutti più sereni"? "Non preoccupatevi, diremo agli azionisti di aspettare a fare i loro calcoli perché adesso siamo tutti un po' dispiaciuti"?.

Matteo non riesce a rimanere passivo. Non è nel suo carattere. È ancora carico del successo del suo intervento e ha voglia di uscire velocemente da questa situazione che si sta facendo sempre più pesante. Prende la parola e comunica a Carlo di aver preparato un elenco delle spese previste a budget, suddivise per centro di costo, e non ancora sostenute.

«Se sei d'accordo potremmo fare un giro di tavolo per ciascun centro di costo e concordare quali di queste spese possono essere bloccate».

Carlo fa un cenno di assenso.

Raffaella guarda Matteo e si sente combattuta tra l'orgoglio per la proattività ("Sapevo che il ragazzo aveva del potenziale") e la preoccupazione per il suo cinismo ("Come gestirà le sue risorse?").

Elena vorrebbe andarsene. Era già chiara la sua sconfitta prima della riunione e la conferma l'ha avuta quando non è stata invitata all'incontro con Carlo. Adesso potrà solo assistere impotente al taglio di tutti gli investimenti che avrebbero potuto risollevare l'immagine del reparto marketing.

«Se siete d'accordo inizierei dal marketing» riprende Matteo.

RISORSE UMANE

Filippo

Filippo è soddisfatto del suo lavoro e gli piace conoscere i suoi nuovi colleghi.

È stato assunto con un contratto a tempo determinato due mesi fa ed è stato confermato dopo il periodo di prova.

Lavora nel reparto IT come help desk e il suo ruolo gli piace. Può conoscere tutte le persone e i reparti dell'azienda mentre impara sul campo ciò che ha studiato a scuola.

Dopo il diploma come perito informatico si è iscritto all'università (Scienze della comunicazione, che non è collegata col suo diploma ma è sempre stato il suo sogno) e ha cercato lavoro perché i suoi genitori hanno un impiego modesto e possono permettersi di mantenerlo a casa ma non riescono anche a pagargli i vizi e gli studi.

Non pensava di trovare un lavoro a tempo pieno in così breve tempo e in una multinazionale così importante! Quando gli è stata fatta l'offerta ha accettato immediatamente. "Proverò a lavorare e studiare contemporaneamente" aveva pensato. "È un grosso sacrificio ma lo faccio volentieri".

L'università gli consente di inseguire il suo sogno e laurearsi in una materia che gli piace un sacco. Lui, il primo a laurearsi della sua famiglia.

Il lavoro gli permette di iniziare a progettare una sua vita indipendente, con una casa da condividere con la sua ragazza. Dopo il periodo di prova sono andati immediatamente in banca a prendere informazioni per un mutuo.

A Filippo piace essere chiamato dai colleghi per risolvere i problemi con i sistemi operativi, i computer, i cellulari, i tablet.

Anche se non conosce quasi nulla dei sistemi aziendali, sa muoversi bene con la tecnologia e si prodiga per capire. Così riesce quasi sempre a risolvere tutte le problematiche che gli vengono sottoposte o a dare la sensazione che lo farà.

Il suo capo lo aiuta, dandogli consigli e intervenendo quando necessario e anche Matteo, il grande capo del reparto Finanziario e Amministrativo di cui il reparto IT fa parte, sembra contento di lui. Una volta lo ha chiamato per un colloquio e gli ha chiesto se era soddisfatto e poi gli ha anche detto che aveva ricevuto commenti positivi sul suo operato e di continuare così.

Filippo è contento. Inoltre non pensava che al lavoro ci si potesse anche divertire.

Molti colleghi hanno voglia di scherzare e nessuno parla solo di lavoro, come si era immaginato prima di essere assunto.

Certo, ci sono alcune persone che si lamentano continuamente e a volte si percepisce che esistono conflitti tra i colleghi ma con lui sono tutti molto gentili.

Lo trattano come un giovane nipotino a cui dare consigli e da proteggere, se necessario. E a lui piace questo ruolo da mascotte. Impara, guadagna e può progettare il suo futuro.

A volte, quando viene chiamato per un intervento, passa tra gli uffici e gli sembra strano vedere tante persone sedute alla scrivania con lo schermo del pc davanti agli occhi. Nessuno che parla. Tutti assorti. Quasi ipnotizzati dai loro schermi. E poi gli adulti si lamentano perché i ragazzi passano troppo tempo sui cellulari, riflette Filippo.

Quando passa alle loro spalle sembra quasi che non si accorgano della sua presenza. Cammina in silenzio per raggiungere chi lo ha chiamato e quando arriva passa un po' di tempo prima che la persona stacchi lo sguardo dal suo pc e gli dica il motivo della chiamata.

A volte gli dicono qual è il problema e ne approfittano per fare qualche telefonata o andare a bersi un caffè. Altre volte rimangono a osservarlo, mentre opera sugli strumenti informatici e iniziano a fargli domande o a lamentarsi per qualcosa che riguarda il lavoro. Il capo che non ha la sensibilità giusta. Il collega che è un cretino. L'ingiustizia di non avere lo stesso trattamento del collega che ricopre lo stesso ruolo.

Negli uffici si respira una strana atmosfera. Tutti sembrano concentrati ma allo stesso tempo assenti. Come degli automi che svolgono il loro ruolo come previsto, senza alcuna partecipazione apparente.

Ogni tanto qualcuno sbotta, qualcuno esclama qualcosa ad alta voce o cerca un dialogo con un collega, ma il più delle volte ognuno è solo con il suo pc.

Filippo ancora non riesce a capire perché per l'intervento IT sia necessario aprire un ticket quando basterebbe una chiamata al suo ufficio. Gli hanno spiegato che è stata creata questa procedura per dare ordine agli interventi, altrimenti ognuno chiamava quando voleva e pretendeva che si intervenisse subito, ma Filippo si trova spiazzato quando il suo capo gli dice che, anche se non c'è il ticket, deve intervenire oppure gli dice di dare la precedenza ad altro.

Così come non riesce a capire perché persone che sono a distanza di qualche metro per comunicare tra loro, preferiscano mandare una mail anziché alzarsi dalla scrivania e parlarsi faccia a faccia. "Probabilmente gliene manca il tempo", pensa Filippo. Ma secondo lui la gente non ha voglia di parlare di persona perché altrimenti verrebbero fuori tutti i problemi nascosti, perché ha notato che tanti spettegolano sugli altri, si lamentano, li criticano, ma poi, quando sono insieme, sembrano tutti amici. "Quanta ipocrisia", riflette.

Nonostante questo Filippo pensa che molti dei suoi colleghi siano persone in gamba da cui sarà possibile imparare.

Se ne accorge quando escono per andare a pranzo e scopre che molti di loro hanno interessi, hobbies, passioni. O quando c'è l'occasione di parlare un po' da persona a persona.

Ognuno riesce a dargli uno stimolo per riflettere, fare paragoni e confronti, fantasticare su come sarà la sua vita.

Ci sono ragazzi e ragazze poco più grandi di lui, già laureati e con la voglia di crescere in azienda. Ce ne sono di sposati da poco che raccontano dei loro viaggi o delle prime esperienze con i figli appena nati. Le persone più anziane lo aiutano a capire come comportarsi al lavoro o come funziona l'azienda e riescono anche a passargli esperienze, consigli e valori che servono per la vita. "Se li ascolti ognuno può darti qualcosa".

"Non è male lavorare in azienda" pensa Filippo, mentre si dirige verso la zona break del terzo piano. I suoi genitori erano rimasti sorpresi quando gli aveva detto che il caffè delle macchinette era gratis e che c'era anche una zona relax con i libri e un calciobalilla dove spesso la gente si fermava a chiacchierare. Che tutti si davano del tu e alcuni colleghi erano veramente simpatici.

Filippo schiaccia il bottone per un caffè e mentre aspetta che la macchinetta abbia finito ascolta divertito i discorsi dei colleghi che sfruttano la sua presenza per mettersi in mostra, commentare, fare battute.

L'uomo che adesso sta osservando, di cui non ricorda il nome, è un venditore che spesso viene in sede per risolvere alcune questioni. Sta parlando con alcune ragazze del servizio clienti e dopo aver fatto loro alcuni apprezzamenti su quanto sono giovani e belle e qualche battuta un po' spinta, stringendo l'occhiolino a Filippo, chiede: «Ma dove sono i grandi capi oggi?».

«In riunione» risponde una ragazza. «È da stamattina che sono chiusi in sala riunioni e io non riesco nemmeno a parlare con Loredana che mi deve firmare questi documenti».

«E il mio capo è con loro?» chiede il venditore.

«C'è tutto il management al completo, compreso il tuo capo» risponde la ragazza. «Chissà che cosa staranno decidendo?».

«Lo vedremo dalle loro facce quando escono dalla riunione» commenta il venditore e poi, alzando la voce per farsi sentire da tutti i presenti, «se escono allegri vuol dire che mi daranno l'aumento che merito. Se escono arrabbiati vuol dire che vi cacceranno tutti a calci nel culo».

«Ah, se mi cacciano io spero che mi diano un sacco di soldi» commenta uno degli impiegati più anziani che sta giocando al calciobalilla. «Ma se c'è uno che devono cacciare quello sei tu. Che sei sempre qui in sede a scroccare i caffè anziché essere in strada a vendere!».

«Io sono quello che vi mantiene, cari miei. Senza le mie vendite voi sareste già a casa da un pezzo perché non servireste a niente. Esistete solo grazie a noi e siete solo buoni a giocare a calciobalilla mentre noi sul territorio ci facciamo il mazzo per pagarvi la pensione».

«Magari potessi andare in pensione» si intromette una signora che lavora in amministrazione. «Ho fatto le proiezioni sul sito dell'INPS e mi mancano ancora sette anni, se nel frattempo non cambiano la legge».

«Ma quale pensione? Scordatevi la pensione. Ci toccherà lavorare fino a settant'anni. E il buon Filippo qui, ti chiami Filippo giusto?» cenno del capo di Filippo e sorriso di conferma, «dovrà lavorare almeno fino ai settantacinque anni per pagare la nostra, di pensione».

Filippo arrossisce per essere stato coinvolto.

«E tu?» rivolto a un altro collega appena entrato nella sala break. «Com'è andata la mezza maratona di domenica?». «Un'ora e quarantadue minuti. Record personale!».

«Magari potessi fare come te. Uscire alle cinque in punto ogni sera e allenarmi tre o quattro volte alla settimana. Invece sono costretto a vendere per voi fannulloni!».

«È una questione di volontà e non di orari. Se volessi allenarti troveresti il tempo di farlo. Io mi alleno anche alla mattina. Basterebbe svegliarsi presto. Ma a giudicare dalla tua panza tu ti alzi intorno alle otto e fai un'abbondante colazione».

«Io mi alzo alle sette ogni mattina e sono già in pista alle sette e trenta. E questa leggera pancetta mi è venuta perché mi sparo più di quarantamila chilometri all'anno per visitare i clienti che voi della sede fate solo incazzare».

«E ti lamenti pure?! A te danno la macchina aziendale e a noi vogliono ridurre lo straordinario».

«Noi della sede non facciamo incazzare i clienti. Siete voi venditori che promettete cose che non sono previste dalla procedura! A proposito di procedura, dopo devi passare da me perché dobbiamo sistemare la situazione del cliente di Bergamo».

«Agli ordini capo! ...A proposito di auto aziendale: sapete se c'è Raffaella in ufficio? Devo iniziare a chiedere la macchina nuova perché la mia ha superato i chilometri previsti dalla procedura».

«Pure la macchina nuova adesso?».

«È uno strumento aziendale! Tu hai la sedia e la scrivania e io ho l'auto! ...Caro Filippo, non farti contagiare da questa gentaglia della sede. Sono qui grazie a noi perché senza le vendite tutto questo non ci sarebbe. Dovrebbero ringraziarci ogni volta che ci vedono e invece ci mettono solo i bastoni tra le ruote e si nutrono del nostro lavoro come dei parassiti. Non farti coinvolgere Filippo, mi sembri un bravo ragazzo e sono convinto che uno solo come te potrebbe fare il lavoro che fanno almeno tre di questi fannulloni. E tornate al lavoro anziché giocare al calciobalilla!».

«Non stiamo giocando. Stiamo solo applicando la legge che prevede che ogni due ore, chi lavora al pc, debba staccarsi e prendersi una pausa. È dimostrato che il riposo aiuta a essere più produttivi ed efficienti e noi lo stiamo facendo solo per quello. Del resto, se la sala si chiama relax, ci sarà un motivo no?».

«In miniera vi dovrebbero mandare! Altro che zona relax! La prossima volta che vengo in sede vi sfidiamo io e Filippo, sai giocare vero Filippo?» altro sorriso e altro assenso, «e vi diamo la lezione che vi meritate! Adesso però devo andare a lavorare altrimenti chi la tiene a galla questa baracca?».

«Ecco bravo, vai a lavorare. E quando incontri il tuo capo digli che deve passare da me perché dobbiamo vedere i dati per la presentazione. Senza il suo ok io non posso andare avanti».

Filippo sorride. Quando non sono al pc i suoi colleghi sono divertenti.

Ma all'improvviso la situazione cambia.

Dal corridoio iniziano ad arrivare nella sala break i grandi capi che escono dalla riunione e con il loro arrivo cambiano gli stati d'animo.

Filippo non può fare a meno di guardare le loro facce, mentre ripensa alla battuta del venditore, e notare che le espressioni non sono certo rilassate.

Si percepisce che nella riunione è successo qualcosa di importante e di riservato perché i capi sono piuttosto silenziosi e si limitano a qualche formale saluto, senza sorrisi, o a dare qualche indicazione di lavoro.

Andrea saluta il venditore chiedendogli come va ma sembra distratto quando lui risponde con una battuta che Andrea probabilmente non coglie appieno perché abbozza un sorriso ma senza trasporto.

Chi stava giocando al calciobalilla ne approfitta per terminare la partita e rivolgersi a Loredana per chiedere a che ora possono vedersi per questioni di lavoro.

Matteo saluta Filippo chiedendogli come va e lui risponde: «Bene grazie» ma inizia a sentirsi in imbarazzo per essere stato colto in un momento di pausa e rimane fermo per trovare il coraggio e le parole per salutare e tornare al lavoro.

Carlo sembra pensieroso e guarda l'orologio con un po' di nervosismo. Poi si rivolge a Matteo e Andrea e gli dice di ritrovarsi in sala riunioni entro dieci minuti. Il tempo di rispondere ad alcune mail.

Anche Raffaella si rivolge a Filippo e con un sorriso di circostanza gli chiede come va. Filippo risponde che va bene, grazie, mentre aumenta il suo imbarazzo perché sente che dovrebbe tornare al lavoro ma non trova le parole giuste per salutare e non vuole apparire scortese verso Matteo e Raffaella che si sono avvicinati a lui ma non dicono più nulla mentre sembrano assorti ognuno nei propri pensieri.

La salvezza arriva da Elena, rimasta in silenzio fino ad allora e con una faccia piuttosto rattristata, che rivolgendosi a tutti dice: «Beh, io torno in ufficio» dando il via a una serie di saluti che liberano Filippo da questa strana angoscia di cui non riesce a capire la ragione.

Qualche tempo dopo

Erano bastate solo poche settimane perché Filippo iniziasse a capire il perché di quella strana angoscia.

Il giorno dopo quell'episodio era arrivata una comunicazione dal management che esprimeva preoccupazione per il fatturato e indicava le azioni che l'azienda avrebbe intrapreso. La comunicazione conteneva alcuni termini come target, hiring freeze, margine operativo lordo di cui Filippo, pur conoscendone il significato letterale, non comprendeva appieno le implicazioni, per cui si era rivolto a un suo collega più anziano per capire meglio.

«Significa che va sempre peggio!» aveva risposto il collega.

«In che senso?» aveva chiesto Filippo preoccupato.

«Nel senso che se alla fine dell'anno non raggiungiamo il fatturato salterà qualche testa, e non solo tra le alte sfere. Intanto hanno bloccato tutte le assunzioni e i progetti che comportano un costo. Non credo abbiano ancora deciso che cosa faranno con i contratti a termine, come il tuo, perché dipende da come chiuderemo l'anno ma se fossi in te comincerei a guardarmi in giro per trovare un altro posto» aveva commentato il collega, guardando Filippo con un velo di tristezza e di impotenza.

Da quel momento l'angoscia di Filippo si era trasformata in ansia. Era rimasto in silenzio, attonito, mentre vedeva sgretolarsi il sogno di una casa sua, del mutuo, dell'indipendenza.

Il collega, probabilmente dispiaciuto per l'effetto avuto dalle sue parole, aveva cercato di rassicurarlo, dicendogli che non aveva senso preoccuparsi, che nulla era ancora deciso, che le cose potevano migliorare e di continuare a fare il suo mestiere, come se nulla fosse, ma Filippo da quel momento non era più riuscito a liberarsi dalla morsa di ansia che lo prendeva al petto e allo stomaco.

Un'ansia che non lo abbandonava nemmeno quando tornava a casa. Quando la sera usciva con la sua ragazza e i suoi amici si ritrovava spesso isolato nei suoi pensieri a rimuginare sulle sue preoccupazioni. Interveniva solo per raccontare della sua ansia o chiedere rassicurazioni che i suoi amici non potevano dargli.

Qualcuno gli diceva che non aveva senso preoccuparsi e di continuare a fare come se nulla fosse, qualcun altro gli consigliava di cominciare a guardarsi intorno, qualcuno gli diceva di non rompere e spesso Filippo si rendeva conto che le risposte dei suoi amici erano sbrigative e infastidite perché avrebbero voluto divertirsi, anziché parlare di lavoro.

Allora abbozzava un sorriso e si isolava ancora di più, provando a partecipare ma riuscendoci solo distrattamente e senza trasporto. La sua ragazza lo guardava con la coda dell'occhio, comprensiva e preoccupata, mentre cercava contemporaneamente di partecipare alle dinamiche del gruppo di amici e Filippo si sentiva ancora più in colpa per non riuscire più a essere quello di una volta.

Non voleva che i problemi di lavoro influenzassero la sua vita privata ma proprio non riusciva a non pensare al suo futuro in azienda.

La mattina seguente si sforzava di ritrovare lo stesso entusiasmo che lo aveva accompagnato nei primi mesi di lavoro, ripetendosi che l'unica cosa che poteva fare era dare il massimo, concentrandosi sul lavoro senza pensare al futuro, ma ogni giorno il contesto aziendale gli rendeva sempre più difficile mantenere la motivazione.

Quando lo chiamavano per un intervento o per rispondere a un ticket, si caricava pensando che fosse l'occasione per dimostrare che era in grado di svolgere tutte le mansioni che gli venivano affidate. In questo modo avrebbe convinto chi stava sopra a confermarlo perché del resto non era colpa sua se non raggiungevano il target. Trovava così la carica e la motivazione per affrontare il problema e sorridere, anche di fronte a chi si lamentava.

Il più delle volte però, dopo l'iniziale motivazione, veniva presto contagiato dal clima e dagli atteggiamenti dei colleghi. In ogni reparto si percepiva uno stato di agitazione e insofferenza. Tutti erano sempre nervosi e insoddisfatti. Ogni intoppo era l'occasione per lamentarsi o dare la colpa a qualcun altro. Ogni richiesta fuori dalla routine scatenava una reazione di rabbia e di ribellione. Ogni malfunzionamento degli strumenti o del sistema offriva la scusa per dire che non era possibile andare avanti in questo modo.

Filippo ascoltava. Aveva imparato che chiedere o controbattere non faceva altro che alimentare la rabbia e la frustrazione e alla fine aveva preferito lasciare che gli altri si sfogassero, abbozzando ogni tanto qualche cenno di comprensione, ma cercando di rimanere concentrato sul suo lavoro.

L'impossibilità di reagire però aumentava il suo senso di impotenza e dopo ogni intervento cresceva la sua rassegnazione e il pensiero che forse avrebbe davvero fatto meglio a cercarsi un altro posto.

Ogni tanto Filippo ripensava alla riunione che Matteo aveva organizzato con tutti i collaboratori del reparto per spiegare e commentare la comunicazione del management. Aveva detto che erano molto al di sotto del target e aveva spiegato le azioni che avevano deciso di avviare per affrontare la situazione. Ascoltandolo Filippo aveva pensato che il discorso di Matteo era chiaro e di buon senso. Non si sentiva coinvolto in prima persona da ciò che Matteo stava dicendo, perché il suo tono non era né rassicurante, né minacciante. La situazione era grave, ma non tragica. Le azioni decise erano quelle necessarie per invertire la rotta e garantire almeno il raggiungimento di un buon margine operativo lordo. Matteo non aveva fatto alcun cenno ai contratti a termine ma aveva fatto capire ai presenti che, se ciascuno avesse fatto il suo e avesse seguito le indicazioni aziendali, tutto si sarebbe risolto nel modo migliore.

Nessuno aveva commentato di fronte a Matteo. I più anziani avevano ricordato i motivi per cui il target era impossibile da raggiungere ma l'attenzione di tutti era rivolta alle conseguenze operative che il taglio dei costi avrebbe comportato per ciascuno di loro. Per ogni domanda Matteo aveva pronta una risposta, data sempre con tono professionale.

Filippo era uscito dalla riunione con maggiore fiducia e meno preoccupazione di quando era entrato ma la sua fiducia si era subito spenta ascoltando i commenti sprezzanti dei suoi colleghi.

«Di sicuro non ci stanno dicendo tutto quello che è stato deciso».

«La fa facile lui, tanto il lavoro in più lo dovremo fare noi».

«Non è possibile solo tagliare, tagliare, tagliare. Come si potrà fare il target se non si investe?».

E così via. Quasi a voler vedere solo il vuoto del bicchiere e mai la speranza che le cose potessero migliorare.

Filippo era confuso ma non aveva gli argomenti, la forza e l'esperienza per controbattere. Aveva provato a dire che secondo lui Matteo credeva davvero che ce la potevano fare ma come risposta aveva solo trovato sguardi e commenti increduli, scettici, snob. Per cui aveva smesso di commentare. Magari erano solo i suoi colleghi che vedevano le cose nel verso sbagliato.

Magari negli altri reparti avevano una visione diversa.

Aggrappato a questa speranza, nel tentativo di non lasciarsi soffocare dalla disperazione, Filippo aveva deciso di valutare i comportamenti anche degli altri colleghi, parlando con chi conosceva meglio e osservandone le reazioni.

Purtroppo la situazione che sta osservando da qualche giorno sembra dar ragione ai suoi colleghi di reparto.

Le colleghe della sales administration, quelle con cui Filippo ha più occasione di collaborare, sono ancora più indispettite, ansiose, demotivate dei suoi colleghi di reparto.

A ogni richiesta rispondono che non hanno tempo per fare nulla, nemmeno per respirare, che sono meno di quante dovrebbero essere, che hanno altre priorità, che stanno solo applicando la procedura.

La stessa Loredana, che fino a qualche tempo prima riusciva con la sua energia e la sua determinazione a trascinare il reparto e a risolvere molte situazioni, sembra aver gettato la spugna. Si vede sempre meno spesso girare per gli uffici. È sempre più raro trovarla seduta accanto alle sue collaboratrici per affiancarle nella soluzione di qualche problema, spiegare come fare una procedura, prendere in mano la cornetta e parlare direttamente con un venditore che chiede cose impossibili.

Qualcuno dice che Loredana è da comprendere perché non le hanno dato l'autorizzazione ad assumere le risorse che servono. Qualcun altro la incolpa perché è proprio in queste situazioni che un buon manager deve aumentare la sua presenza e non abbandonare le sue risorse. In un caso o nell'altro tutti si sentono autorizzati a fare sempre meno, a lasciarsi andare, perché tanto qualsiasi sforzo sarebbe stato vano.

Anche Raffaella è cambiata, pensa Filippo.

Il suo sorriso contagioso, i suoi quotidiani saluti a tutti, le sue continue domande se tutto fosse a posto o servisse qualcosa, hanno lasciato il posto a un atteggiamento rispettoso ma distaccato. Raffaella saluta ancora tutti, ma sembra voler evitare il confronto, quasi si sentisse in colpa. È sempre disponibile se c'è bisogno di lei ma non ha più la stessa passione che Filippo aveva apprezzato da subito, quando l'aveva conosciuta nei colloqui di selezione.

Raffaella ascolta le lamentele e organizza incontri per cercare di risolvere tutte le situazioni conflittuali che hanno iniziato a esplodere tra i dipendenti ma sembra più un'assistente sociale che un giudice. Chi è stato a colloquio con lei ne è uscito sicuramente meno arrabbiato ma anche più demoralizzato. "Non c'è modo di cambiare la situazione" sembra dire con il suo atteggiamento dopo il colloquio, "bisogna solo portare pazienza". "Non ha senso essere arrabbiati tra di noi ma non c'è nemmeno la speranza che le cose possano migliorare". E questo stato d'animo si sta diffondendo piano piano tra tutti i colleghi, anche quelli più motivati.

La sensazione di Filippo è che ognuno sia in attesa che passi la tempesta ma che nessuno sappia quando passerà. Non c'è molto che si può fare, se non ripararsi e pensare alla propria sopravvivenza. Meglio preoccuparsi di fare solo ciò che serve per completare le proprie incombenze, senza commettere gravi errori, piuttosto che preoccuparsi per ciò che avviene prima o dopo. Ognuno è intento a salvaguardare il suo territorio e i suoi vicini più intimi, senza guardare oltre.

Gli unici momenti di energia che ormai si osservano tra i colleghi sono le reazioni stizzite, le esplosioni di rabbia, le lamentele. È sempre più raro condividere momenti di sincero entusiasmo, di partecipazione attiva, di sincero coinvolgimento.

In questa situazione è difficile per Filippo non farsi contagiare dalla rassegnazione, la frustrazione, la disillusione che sempre più si impossessano dei colleghi. Anche chi, caratterialmente, è più propenso alla speranza, alla gioia, alla motivazione, sembra conservare queste emozioni per qualcosa al di fuori del lavoro: la fine della giornata, gli hobby, la famiglia, il week-end, le vacanze.

Gli stessi venditori che vengono in sede o che ogni tanto chiamano Filippo per un problema informatico, quelli che, secondo Filippo, dovrebbero essere i veri artefici del raggiungimento del target, sembrano ormai rassegnati a una situazione che non può essere cambiata.

"I clienti ormai sono solo interessati al prezzo". "È impossibile trovare clienti nuovi". "Continuano a chiederci report e analisi e poi si lamentano che non facciamo più visite!". "Con questi nuovi sistemi ogni report è sempre più complicato da completare e poi lo devo fare la sera quando arrivo a casa". "Perdo un sacco di tempo a compilarli e non servono a niente!".

"Se questo è l'atteggiamento dei venditori" pensa Filippo con crescente preoccupazione, "il target non lo raggiungeremo mai".

E con questi pensieri arriva la fine della giornata.

Ogni giorno inizia con lo sforzo di trovare l'energia e la motivazione per andare avanti e termina con la fatica di aver sopportato questo clima. Parte con la voglia di crederci e termina con la rabbia per non essere riuscito a reagire, con la delusione per un'altra giornata che ti ha succhiato energia vitale e ti ha caricato di ansia.

Filippo si sente triste quando pensa al sollievo che prova a essere finalmente arrivato a fine giornata e all'angoscia di dover trovare la forza per tornare il giorno dopo. Si sente svuotato e colpevole perché non riesce più a trovare la soddisfazione per aver contribuito a qualcosa con il suo lavoro, il meritato riposo per i suoi sforzi.

Se è questo il lavoro nelle multinazionali allora forse non ne vale la pena. Se anche lo licenzieranno forse non sarà un male. Potrà dedicarsi all'università e cercare qualcosa di meglio. Non gli piace come si stanno evolvendo le cose.

Filippo spegne il suo pc. Chiude la sua postazione. Saluta i suoi colleghi e torna a casa.

PRANZI DI LAVORO

Management - 7 mesi dopo

«Allora?» chiede Andrea rivolgendosi a Carlo. «Possiamo dirci soddisfatti dell'inversione di tendenza?».

Tutto il management è seduto intorno a un tavolo per un pranzo di lavoro che Carlo ha deciso di convocare per commentare i risultati del terzo trimestre. Non è una consuetudine usuale, perché solitamente ognuno mangia velocemente per conto suo o con qualche collega, ma questa volta Carlo ha pensato che fosse giusto ritrovarsi tutti per celebrare i risultati.

I dati hanno confermato che l'Italia è ancora sotto target ma solo del 3% e i dati complessivi dell'Europa proiettano un risultato inferiore al target del 4%. Significa che l'Italia ha fatto meglio della media. È per questo che Carlo ha deciso di invitare tutti i suoi diretti riporti ad un pranzo di lavoro. È molto soddisfatto del risultato raggiunto soprattutto perché sono riusciti a dimostrare a Ray che sono in grado di fare bene, nonostante gli errori commessi dall'headquarter.

«Possiamo dirci soddisfatti» risponde ad Andrea, «anche se avremmo potuto fare ancora meglio». A lui piace stimolare le persone a fare sempre di più, a porre l'asticella ogni volta un gradino più in alto perché è solo in questo modo che si riesce a superare se stessi.

Raffaella, che lo conosce da tempo, coglie l'orgoglio nelle sue parole, ma non riesce a capire perché, anche in una situazione in cui sarebbe opportuno e giusto semplicemente ringraziare e festeggiare, Carlo non perda occasione per far sentire gli altri in difetto; quasi fortunati per aver raggiunto un risultato che ha invece richiesto impegno e sforzo da parte di tutti.

«Io credo che dovremmo davvero essere orgogliosi per quello che siamo riusciti a fare» interviene Raffaella, «e sarebbe bello trovare il modo per far sapere anche a tutti i nostri collaboratori che siamo soddisfatti per ciò che è stato fatto e che vorremmo ringraziare tutti per gli sforzi profusi».

Lo sguardo della donna è rivolto a Carlo, quasi a ricordargli che dovrebbe essere lui, come direttore generale, a rendersi conto di quanto sia fondamentale la motivazione delle persone e di come queste occasioni offrano l'opportunità di fare molto senza dover spendere tante risorse.

Poi Raffaella guarda i suoi colleghi seduti al tavolo per rassicurarli che c'è lei a ricordare a Carlo ciò che è giusto fare nei loro confronti e nei confronti dei collaboratori.

Carlo è consapevole della riflessione che Raffaella ha voluto sollevare ma nonostante sia soddisfatto per il risultato raggiunto, ci sono stati molti comportamenti che non ha tollerato negli ultimi mesi. Troppe volte è dovuto intervenire per scuotere un'apatia e una rassegnazione che aveva colpito alcuni dei suoi diretti riporti. Troppe volte ha dovuto essere lui a prendere decisioni drastiche o a dire no decisi di fronte a richieste assurde dei collaboratori o a lamentele ingiustificate. E molto spesso i suoi interventi nascevano proprio dall'incapacità dei suoi manager di fare filtro o di assumersi la responsabilità di essere duri.

"C'è da festeggiare" pensa Carlo, "ma c'è anche da lanciare qualche chiaro messaggio!". «C'è da essere orgogliosi ed è per questo che vi ho invitati a questo pranzo di lavoro» risponde Carlo, «ma non credo che il merito sia di tutta l'organizzazione. Credo che dovremmo sfruttare la difficoltà che siamo riusciti a superare per far sapere a chi ha contributo davvero che siamo grati ma anche per dare il messaggio a chi non ha contribuito che il suo atteggiamento non verrà più tollerato».

Loredana ascolta e non riesce a collocarsi in nessuna delle due parti in cui Carlo ha diviso l'organizzazione. Come al solito, dopo il periodo di iniziale scoramento e totale demotivazione, non è riuscita a rimanere passiva e ha raddoppiato i suoi sforzi per fare fronte alle incombenze. Se ripensa a tutto ciò che ha fatto negli ultimi mesi sente di avere diritto solo ai ringraziamenti. Non si è mai assentata dal lavoro, anche quando aveva avuto qualche linea di febbre. Non è mai uscita prima delle sette di sera. Ha fatto di tutto per tenere sollevato il morale dei suoi collaboratori che continuavano a lamentarsi perché le due risorse che erano necessarie e che erano state promesse non erano state assunte.

Loredana aveva spesso percepito il tono di accusa dei suoi collaboratori nei suoi confronti quando si parlava delle due risorse. Lo sguardo e le smorfie di chi sembrava dirle: "Io, al tuo posto, avrei alzato maggiormente la voce e mi sarei fatta rispettare!" e ogni volta che aveva avuto questa percezione si era sentita disorientata, incapace di decidere se fosse meglio rispiegare ai suoi collaboratori i motivi per cui l'azienda non aveva potuto assumere o andare da Carlo e urlare che, se non avessero assunto le due risorse, lei non avrebbe più potuto garantire il servizio richiesto. Era confusa. Da una parte il buon senso le suggeriva che aveva fatto bene ad adottare un comportamento equilibrato e manageriale, accettando le decisioni aziendali e facendo ciò che era in suo potere per portare avanti le attività del suo reparto nel modo migliore. E del resto i risultati raggiunti sembravano darle ragione. Dall'altra il sacrificio fisico e mentale che questo atteggiamento aveva richiesto le faceva venire il dubbio che in questo modo l'azienda avrebbe sempre più approfittato delle persone, che non ci sarebbe più stato alcun limite alle richieste che avrebbero potuto fare, che se nessuno avesse preso il coraggio di opporsi e dire: "Basta, più di così non è umanamente giusto richiedere" allora avevano ragione alcune sue collaboratrici di smettere di lavorare alle cinque in punto per dedicarsi ad altro.

Loredana non riesce proprio a capire se il messaggio di Carlo sia rivolto a lei o a qualche suo collega o sia indirettamente rivolto a lei perché lo faccia arrivare ai suoi collaboratori. Abbassa lo sguardo, si concentra sull'insalata che nel frattempo le è stata servita e non dice nulla.

Elena ha ormai assunto una posizione di totale e rassegnato gregariato dall'ultimo meeting in cui si è sentita ancora una volta ingiustamente accusata. Non riesce a essere orgogliosa del risultato raggiunto. Sinceramente non gliene frega niente. Il reparto marketing ha potuto contribuire poco e, se anche lo avesse fatto, Elena sente che Carlo lo avrebbe considerato un fatto dovuto, l'unico modo per provare a riabilitarsi dopo un fallimento.

Non riesce a gioire di questo risultato e sente che il messaggio di Carlo è rivolto principalmente a lei.

Non le è mai piaciuto l'atteggiamento di chi si sente vittima del sistema, degli altri, delle circostanze. Eppure non riesce più a uscire da questo loop in cui si è incagliata. O in cui l'hanno fatta incagliare? Analizzando razionalmente la situazione, Elena sa che non deve sentirsi responsabile. Che colpa ne ha lei se il prodotto non è stato lanciato nei tempi previsti? Nessuna. Poteva fare qualcosa per impedire che ciò avvenisse? No. Il percorso fatto di domande che ha iniziato con il suo analista (all'inizio non voleva andarci, ma poi il consiglio di qualche amica che la vedeva sempre più depressa l'ha convinta a provare) la porta ogni volta alla stessa conclusione: non deve sentirsi responsabile per qualcosa che non ha causato lei! Non deve! Anche perché il sentirsi responsabile non la aiuta a guardare avanti, a proiettarsi verso il futuro dimenticando un passato che non può più cambiare. Il "qui e ora" è quello che conta. Ciò che può fare adesso per uscire da questo stato di depressione che le sta causando insoddisfazione e apatia anche nella vita privata.

Il "qui e ora" che dovrebbe farle vedere solo le opportunità che i risultati attuali potrebbero dare a lei e al suo reparto. La possibilità di gioire con i suoi colleghi, di riunire i suoi collaboratori e dire che il periodo buio è finito e che dal prossimo anno potranno finalmente tornare a vedere la luce, a investire, a fare marketing.

Il messaggio di Carlo potrebbe essere rivolto a lei come a chiunque altro ma a Elena non importa. Non è il messaggio di Carlo a lasciarla indifferente. Ormai ha imparato a farsi scivolare addosso le cose che non condivide e che un tempo l'avrebbero mortificata.

È che proprio non riesce a gioire, pensa Elena mentre guarda Raffaella con dispiacere perché non riesce a darle una mano nel suo tentativo di rimotivare l'ambiente.

Matteo osserva, ascolta e riflette. Dopo l'ultima cena con i suoi compagni di MBA, in cui aveva dovuto ancora una volta rintuzzare le battute del suo rivale che gli chiedeva se avesse finalmente avuto la promozione che attendeva, si era dato un limite temporale entro cui decidere se rimanere in questa azienda o iniziare a cercare un'altra opportunità altrove. Matteo vuole sapere se entro la fine dell'anno verrà promosso ad un ruolo commerciale. Di festeggiare, celebrare o giudicare non gli interessa nulla!

La scorsa settimana, dopo aver visto i dati relativi al target e aver avuto la conferma che la rotta era stata invertita, aveva chiesto un incontro a Carlo e Raffaella per parlare della sua situazione.

All'incontro aveva esordito dicendo che avrebbe voluto anticipare quella chiacchierata a qualche mese prima ma era consapevole delle difficoltà aziendali e aveva quindi preferito attendere il momento più consono per parlare della sua situazione e non sembrare egoista o indifferente alle dinamiche aziendali. Adesso che la situazione era migliorata però aveva ritenuto importante chiedere questo incontro per segnalare che aveva fatto tutto ciò che gli era stato richiesto, ricoperto tutti i ruoli che l'azienda gli aveva assegnato, portato i risultati che servivano (e soprattutto in questa fase il suo contributo nel controllo e contenimento dei costi era stato fondamentale) e quindi aveva necessità di chiarire la sua posizione per non perdere altro tempo nel percorso professionale che voleva intraprendere e che sia Raffaella che Carlo conoscevano perfettamente fin dalla sua assunzione.

Carlo e Raffaella avevano ascoltato ma non gli avevano dato la sensazione di avere un piano già predisposto per il suo percorso. Raffella aveva detto che conoscevano le sue legittime aspirazioni, che erano contenti dell'approccio e dei risultati che stava portando, che il percorso stava proseguendo come definito, ma non gli aveva dato alcuna certezza e tempistica di cosa sarebbe successo e quando.

Carlo aveva ascoltato senza intervenire e Matteo aveva avuto la sensazione che fosse quasi infastidito dalle sue richieste di chiarimento e di certezze.

Matteo era uscito da quell'incontro deluso e infastidito e le punzecchiature del suo rivale alla cena con gli ex compagni gli avevano dato la determinazione per fissarsi un limite temporale entro cui decidere. Avrebbe aspettato la fine di quest'anno e, se non fosse arrivata la certezza della promozione a un ruolo commerciale, avrebbe iniziato a cercare altrove.

La celebrazione dei risultati aziendali proposta da Raffaella lo lascia del tutto indifferente, così come la puntualizzazione di Carlo. Lui è a posto con se stesso. Ha fatto ciò che doveva fare e adesso è l'azienda che deve ricambiare e prendere la decisione. O verrà promosso o se ne andrà. Matteo non ha voglia di gioire o festeggiare.

Andrea invece ha bisogno di rilassarsi. La sua forza vendite è riuscita a invertire la rotta e a portare dei risultati più che soddisfacenti. Gli ultimi mesi sono stati estremamente pesanti e lui non riesce più a tollerare situazioni pesanti. A cinquantatré anni sente che vuole essere sereno e sa che, per riuscirci, deve sfruttare tutte le occasioni che la vita offre per fare festa, ringraziare, gioire.

Negli ultimi mesi era stata dura trovare l'energia per rimotivare i suoi collaboratori. Ogni telefonata, affiancamento, riunione richiedeva ascolto, pazienza, risolutezza. Ogni collaboratore aveva una spiegazione, un lamento, una giustificazione. Chi era in linea con il target giustamente chiedeva di essere ricompensato o almeno non essere accomunato agli altri. E Andrea non poteva far altro che condividere, dare ragione, ringraziare e alzare le braccia in segno di resa, terminando l'incontro con una sensazione di impotenza e di ingiustizia che lo lasciava svuotato e demoralizzato.

Chi non era in linea assumeva un atteggiamento di chiusura o di giustificazione. Alcuni assumevano un atteggiamento passivo, quasi a voler chiedere ad Andrea di trovare una soluzione: "Sei tu il capo! Dimmi tu cosa posso fare più di ciò che già faccio" (sapendo che tanto non funzionerà). Altri gli vomitavano addosso tutta la loro rabbia o frustrazione o incapacità.

Andrea provava a dialogare con i primi, stimolandoli a non abbattersi, a trovare insieme una soluzione, visto che loro conoscevano i clienti, a inventare strade alternative per trovare i risultati in posti diversi da quelli dove non arrivavano. Oppure dando dei suggerimenti perché provassero ad assumere comportamenti diversi.

Con chi lo attaccava Andrea prima ascoltava, per farli sfogare e comprendere le reali cause dell'inefficacia, e poi ribatteva, a volte con forza e decisione, facendo appello al ruolo o al passato o all'orgoglio di chi sapeva poteva essere demotivato oppure alle ineluttabili conseguenze a cui sarebbero andati incontro se non avessero cambiato registro, ma senza mai arrivare allo scontro perché per Andrea lo scontro era un fallimento.

E dopo ogni incontro, riunione, telefonata, Andrea si sentiva sempre più stanco, svuotato, distante.

Aveva sperato che i risultati arrivassero, a volte rincuorato dalle forti reazioni che alcuni suoi collaboratori avevano avuto dopo gli incontri, a volte incrociando le dita e augurandosi un colpo di fortuna quando le sensazioni dopo gli incontri non gli aveva dato alcuna certezza. E adesso che i dati del trimestre avevano certificato il cambio di rotta, Andrea sentiva che era il momento della rivincita. Il momento di alzare le braccia al cielo per il gol che finalmente era arrivato, dopo 90 minuti di lotta estenuante, e di gioire e abbracciarsi tutti, sia chi lo aveva segnato, sia chi non riusciva a stare in piedi per i crampi, sia chi era in panchina, sia il pubblico che aveva solo assistito. "In certi momenti tutti devono partecipare" pensava Andrea, "perché solo celebrando le vittorie si può costruire una squadra e motivare chi è demotivato".

"Non è questo il momento per far notare a chi non ha giocato bene che cosa avrebbe dovuto fare. Adesso è il momento di gioire tutti insieme perché il risultato è arrivato! Ci sarà un altro momento per ragionare su cosa migliorare. Nunc est bibendum!".

Andrea prende il suo calice. Lo alza e rivolto ai suoi colleghi propone un brindisi. «Si può sempre migliorare, come dice Carlo, ma oggi dobbiamo essere contenti per l'ottimo risultato che abbiamo raggiunto. Era estremamente difficile e molti non credevano che ce la avremmo fatta. Qualcuno ha contribuito di più, qualcuno di meno, ma alla fine quello che conta è che siamo riusciti a invertire la rotta e a raggiungere un risultato insperato. Propongo quindi un brindisi. Sono orgoglioso della nostra squadra e auguro a tutti noi un fine anno e un inizio prossimo anno ricco di soddisfazioni!

Cin cin». «Cin cin» si unisce Carlo pensando che in fondo Andrea ha ragione. Festeggiare ha senso e del resto è stato lui a invitare tutti a pranzo per farlo.

«Cin cin» si unisce Raffaella sorridente perché ancora una volta ha ritrovato l'entusiasmo e la voglia di reagire del suo vecchio collega e amico Andrea.

«Cin cin» si accoda Loredana, grata ad Andrea per aver dato una svolta positiva a una situazione che si stava facendo pesante.

«Cin cin» dice Elena con poca convinzione.

«Cin cin» risponde Matteo mentre il suo pensiero immediatamente si concentra sul prossimo anno ricco di soddisfazioni.

Headquarter - quasi in contemporanea

«Allora sono vere le voci della fusione?» chiede Bill rivolgendosi a Ray mentre aspettano le portate al ristorante.

«Vere e confermate. Ieri sono stati siglati gli accordi preliminari».

«E quindi quando avverrà?».

«Credo che, terminato il periodo di due diligence, la fusione sarà effettiva. Noi intanto dobbiamo muoverci come se lo fosse già».

«Certo che è strano» commenta Bernard.

«Che cosa c'è di strano?».

«È la nostra principale concorrente, quella con cui ci siamo scontrati negli ultimi anni e adesso diventeremo un'unica compagnia. Tutti improvvisamente amici» commenta Bernard con un sorriso ironico. «Chissà cosa ne sarà di noi?».

Bill muove lo sguardo verso Ray in cerca di una risposta perché anche lui, anche se non vuole farlo vedere, è preoccupato per questa fusione. La sua carriera potrebbe interrompersi o potrebbero prospettargli un ruolo che non gli piace.

«Essendo noi la società più grossa credo che andremo a occupare le poltrone più importanti. Non ho ancora avuto alcuna conferma ufficiale dal CDA, ma potete stare tranquilli che un posto per noi ci sarà».

«Sinceramente non sono preoccupato, Ray» risponde Bernard. «Anzi, se dovessero offrirmi un incentivo credo che ci penserei seriamente. Sono stanco e non ho più voglia di avviare un'altra riorganizzazione».

«Si sa già dove sarà la sede della nuova corporation?» interviene Bill. Da quando ha sentito le prime voci sulla fusione ha iniziato a pensare a cosa succederebbe in famiglia se dovessero fare un nuovo trasloco adesso che le sue figlie e sua moglie sembrano cominciare ad ambientarsi.

«Non credo lo abbiano stabilito» risponde Ray. «Loro hanno appena costruito un nuovo headquarter nell'Ohio ed è una costruzione moderna e innovativa. Non mi dispiacerebbe cambiare aria». I problemi con la moglie per Ray sono aumentati negli ultimi tempi. Da quando ha iniziato a frequentare la giovane responsabile marketing non è più riuscito a tollerare alcun difetto di sua moglie e ogni occasione è buona per tirare fuori le insoddisfazioni reciproche. Il trasferimento in un altro stato potrebbe dargli la scusa per troncare una relazione che ormai si trascina solo per l'affetto verso sua figlia.

«Ma quanto è grande la loro sede?» continua Bill, non riuscendo a trattenere del tutto la sua preoccupazione. Poi, rendendosene conto: «Voglio dire, ci staremmo tutti in una sola sede o potrebbero mantenere le due sedi per un po'?».

«Ma non lo so ancora!» risponde spazientito Ray. «Con tutto quello che ci sarà da fare per la fusione, figurati se il problema principale è la sede! Sei preoccupato per la sede?».

«No affatto» prova a giustificarsi Bill. Ray sarebbe pronto a criticarlo o a giudicarlo male se scoprisse che è proprio questo a impensierirlo. «È che stiamo per finire i lavori della piscina, le ragazze stanno iniziando ad ambientarsi e mi sentirei un po' a disagio se dovessi prospettare loro un nuovo trasferimento». In realtà le ragazze non si sono ancora del tutto ambientate e non sembrano nemmeno così entusiaste all'idea di avere la piscina "che avevano sempre sognato". Un nuovo trasferimento sarebbe davvero difficile da proporre. Al solo pensiero Bill si sente un blocco allo stomaco.

«Ma figurati» esclama Ray. «Ogni trasferimento è un'opportunità di fare nuove conoscenze e i ragazzi sono molto più pronti ai cambiamenti di quanto noi pensiamo».

Bill abbozza un sorriso e Bernard lo guarda con compassione. Capisce bene la sua preoccupazione. Qualche tempo fa Bill si era aperto con lui e gli aveva raccontato di come la situazione in famiglia fosse piuttosto tesa e non solo a causa del trasferimento. Sua moglie e le ragazze spesso lo accusavano di pensare solo alla carriera, anche se beneficiavano senza batter ciglio di tutti i vantaggi che la sua situazione economica comportava per tutti.

«È vero, la piscina!» Bernard prova a sviare il discorso su qualcosa che possa risollevare il suo collega. «L'avete finita?» chiede rivolto a Bill.

«Non ancora» risponde sommessamente questo. Poi capisce che il suo collega gli sta lanciando un aggancio per sviare il discorso dal trasferimento e prosegue: «Stavamo aspettando di sapere se riceveremo il bonus alla fine dell'anno per continuare i lavori». Mentre lo dice Bill si rende conto che, con la fusione, ogni discorso sul bonus è fuori contesto e si affretta ad aggiungere, rivolto a Ray: «Ma credo che con la fusione in corso non sarà il bonus la nostra priorità».

«Non sarà certo la priorità. Se sei preoccupato per il bonus consolati con le stock option. Con la fusione il valore delle azioni dovrebbe salire. Hai già visto il dato di stamattina?» chiede Ray.

«L'ultimo dato di stamattina» risponde prontamente Bill, che da qualche tempo controlla il dato delle azioni anche più volte al giorno, «le dà in crescita del 3% ma le stime nel caso di fusione sono molto più alte». «Se mi proponessero un incentivo e con l'esercizio delle stock option, credo che ci penserei ancora più seriamente ad andarmene» commenta Bernard con un velo di tristezza e di sollievo insieme. Negli ultimi tempi aveva invano provato a ritrovare morale e un senso di missione nel suo ruolo avendo avviato gruppi di lavoro internazionali per supportare l'Europa, dove molti dei Country Manager gli segnalavano costantemente situazioni difficili da gestire.

Jaqueline, la Country Manager della Francia, era andata via e ancora non erano riusciti a trovare chi la sostituisse. Matthew, il giovane talento che guidava i paesi dell'est, lo chiamava ormai ogni settimana per sapere se si erano aperte opportunità per tornare in America. La Country Manager della Spagna iniziava a dare i primi segnali di insoddisfazione e arrendevolezza. E Bernard continuava, con sempre più demoralizzazione, a chiedersi se fosse quello lo scopo della sua vita. Gli tornava spesso in mente ciò che l'esperto di mindfulness gli aveva detto durante la sessione dimostrativa: "Perché la tua vita sia soddisfacente dovresti provare ogni giorno almeno due terzi di emozioni positive e solo un terzo di emozione negative" e questa proporzione gli tornava spesso in mente. Se pensava alle sue giornate al lavoro, constatava con amarezza che le emozioni negative erano di gran lunga superiori a quelle positive, che ormai erano sempre più dei rari momenti, spesso completamente inaspettati. Bernard pensava sempre più spesso al senso della sua vita e forse un incentivo poteva essere un segno del destino...

«Voi cosa pensate di fare con le stock option?» chiede Bernard. «Pensate di esercitarle o di tenerle?».

«Io intendo tenerle» dice Ray. «Sono sicuro che in futuro il loro valore crescerà ancora. E del resto sarebbe strano se uno dei membri del CDA vendesse le sue azioni proprio adesso!».

«Ma no? Ti hanno promosso finalmente?» incalza Bill.

«Non è ancora certo, ma è molto probabile. Ovviamente è una notizia riservata ma so che posso contare sulla vostra discrezione». In realtà Ray non aveva ricevuto alcuna conferma da parte del CDA ed era in trepidante attesa di sapere che cosa avrebbero fatto. Nessuno gli aveva detto niente. Gli avevano solo detto della fusione e di iniziare a preparare tutto ciò che serviva per avere i dati finanziari a posto. Nessuno si era preoccupato di ricordarsi dell'impegno a farlo entrare nel CDA. E Ray questa volta aveva già preso la sua decisione: "Se non mi faranno entrare nel CDA della nuova corporation me ne andrò!". Dichiarare ai suoi colleghi che farà parte del CDA gli serve per confermare soprattutto a se stesso questa sua decisione.

«Congratulazione Ray» aggiunge Bernard. «Te lo meriti».

Ray ringrazia ma la sua espressione cambia e guarda altrove. Si sente meschino ma la sua vanità e il suo orgoglio si sono mossi prima che se ne rendesse conto.

«Io sono ancora indeciso se venderle o tenerle» interviene Bill. «Probabilmente ne venderò una parte, così potrò finalmente completare la piscina anche se non riceveremo il bonus» prova a scherzare ma si rende conto di non riuscire a essere divertente.

«Uh, il bonus?» ne approfitta Ray per cambiare discorso. «Se i dati sono confermati non credo che lo prenderemo tutto. Magari ne prenderemo solo una percentuale. Come stiamo oggi con il target in Europa?» chiede a Bill.

«Siamo sotto del 4%. Ma abbiamo sensibilmente ridotto i costi e quindi, se andiamo avanti così, potremo presentare dei dati decorosi».

«Ok, speriamo continui così, anche se le nostre priorità adesso sono cambiate!» dice Ray. «Il CDA mi ha anticipato quali sono le iniziative che verranno portate avanti per la fusione e mi ha chiesto di iniziare ad avvertire tutte le Countries perché si preparino ad implementarle».

Bill e Bernard lo guardano aspettando che prosegua.

A Ray piace essere quello che ha le informazioni. La persona a cui gli altri devono rivolgersi per conoscere il loro destino. Si diverte ad assumere un'espressione seria, dispiaciuta e con un sorriso malizioso. Quasi a voler dire ai suoi colleghi che non è ancora autorizzato a parlarne, ma che se loro proprio insistono…

Bernard lo guarda con espressione di supponenza e, come quando chi conosce la barzelletta interviene subito per dire: "La so già!", inizia a commentare ad alta voce, come se fosse di fronte a una platea: "La fusione ci permetterà di trovare sinergie tra le due società che ci consentiranno di recuperare efficienza ed essere più competitivi sul mercato. Vogliamo valorizzare le eccellenze di entrambe ma cercheremo di evitare doppioni inutili e costosi per essere ancora più vincenti. Ci saranno ottime opportunità per tutti coloro che hanno dimostrato di avere del potenziale in questi anni e un piano incentivi di tutto rispetto per coloro che non rientreranno nei piani aziendali. L'intenzione delle due società è di integrarsi velocemente perché l'accordo di fusione che abbiamo cercato in tutti questi anni rappresenta per tutti una soluzione win-win!». Bernard conclude e aspetta l'applauso della platea.

Bill ascolta ma la sua espressione rimane impassibile. Probabilmente sta già pensando ad altro. Ray annuisce divertito e abbozza un inchino con il capo.

«Più o meno Bernard» commenta Ray facendosi serio e professionale. «Nulla è ancora definito ma dobbiamo iniziare a prepararci. Dobbiamo immediatamente ufficializzare il blocco delle assunzioni in tutte le countries. Nessuno dei contratti in scadenza, sia con i dipendenti che con i fornitori, dovrà essere confermato. Con la fusione il reparto marketing verrà accorpato a livello di Region e quindi dobbiamo iniziare ad annunciare che i ruoli manageriali di Country di questo reparto non esisteranno più. Appena rientriamo in ufficio definiamo l'agenda per la confcall che faremo domani con tutti i Country Managers».

Ray fa un cenno al cameriere e chiede il conto.

EPILOGO

Ufficio di Carlo - dopo la conf-call

La prima cosa che Carlo sente il bisogno di fare dopo aver terminato la conf-call con Ray è cercare su linkedin e facebook informazioni sul Country Manager della filiale italiana della società con cui si fonderanno.

Le parole di Ray non lo avevano lasciato per nulla tranquillo. "Non è stato ancora deciso chi saranno i Country managers delle nuove filiali dopo la fusione. Sicuramente i risultati portati in questi anni e soprattutto in questo esercizio finanziario saranno uno dei criteri più importanti di valutazione. È per questo che è fondamentale che voi diate la massima collaborazione a questo progetto di integrazione".

Carlo non aveva avuto alcuna rassicurazione da queste parole ed era piuttosto preoccupato e teso dopo la conf-call. Iniziare a studiare chi fosse il suo rivale era l'urgenza che sentiva di dover affrontate immediatamente. Al resto avrebbe pensato in un altro momento.

Ricordava di aver conosciuto quell'uomo a un convegno. Una veloce stretta di mano, necessaria per ottemperare a una presentazione fatta da chi aveva organizzato l'evento. Due parole di circostanza, per acquietare la voglia di affrontarsi apertamente. Poi una veloce scusa per allontanarsi da quell'incontro che metteva entrambi a disagio.

Non ricordava il suo nome, ma con internet e i social media di oggi, non sarebbe stato difficile trovarlo. Infatti. Dopo qualche ricerca eccolo: Stefano Antonelli, laureato in Economia, diverse esperienze in aziende multinazionali, diversi riconoscimenti e certificazioni, molte partecipazioni a eventi professionali e mondani. Sfogliando il suo profilo si poteva vedere che era una persona confidente e di successo, ma non erano molte altre le informazioni che si potevano ottenere e soprattutto non c'erano elementi per capire se la nuova corporation avrebbe scelto lui per guidare la nuova organizzazione.

Carlo decide allora di abbandonare la ricerca per il momento (ci saranno altre fonti e altre occasioni per prendere informazioni) e di concentrarsi su ciò che va fatto per favorire la fusione, così come aveva richiesto Ray.

Più ripensava alla conf-call, più si arrabbiava. Era riuscito a recuperare, a invertire la rotta, come avevano richiesto, e adesso erano ancora sotto al target, ma solo del 3%. Aveva messo sotto pressione la sua organizzazione e i risultati stavano arrivando. Si aspettava che Ray chiedesse almeno qualcosa durante la confcall. Che desse un cenno di riconoscimento e di ringraziamento. Invece nulla. Come se il target non contasse più niente. Solo la pressione e l'urgenza per un nuovo obiettivo. La fusione.

È questo che interessava adesso? Volevano delle azioni e dei risultati? Li avrebbero avuti! Perché Carlo non era ancora disposto ad arrendersi.

Avrebbe fatto tutto ciò che gli chiedevano per non dare loro alcun appiglio per preferirgli il suo rivale. Sentiva che poteva ambire a coprire il ruolo di Country Manager anche nella nascente organizzazione e cercava di caricarsi di orgoglio e determinazione per confermare a se stesso che aveva tutte le carte in regola per quel ruolo. I risultati che avrebbe portato nei prossimi mesi avrebbero contribuito a certificarlo! Del resto non c'era molto altro che poteva fare. Lui non era un politico, un lecchino. Per lui contavano solo i risultati e solo con quelli era riuscito a ottenere il ruolo che ricopriva. Anche questa volta avrebbe portato i risultati attesi!

La parte comunicativa relativa alla fusione, inizia a progettare Carlo, sarebbe stata curata direttamente dall'headquarter e di questo i Country Managers non dovevano occuparsi. Dovevano solo sostenere le comunicazioni ufficiali, supportandole e spiegandole alle proprie organizzazioni. "Nulla di difficoltoso" pensa Carlo.

Ciò che doveva iniziare a fare riguardava il conto economico di questo esercizio finanziario. Doveva gettare le basi per una realizzazione veloce e fluida della fusione.

Tutti i contratti in essere in scadenza non dovevano essere confermati. Questo significava dare immediatamente indicazioni a tutti i suoi diretti riporti di non procedere ad alcun rinnovo contrattuale con fornitori, agenti, distributori, assunzioni a termine, interinali. Carlo immaginava già quale sarebbe stata la reazione generale, ma sapeva anche che gli sarebbe bastato ricordare che la fusione poteva portare conseguenze personali più gravi per ognuno di loro per stoppare le polemiche e farli concentrare su ciò che era necessario fare.

Avrebbe organizzato una riunione con tutti i suoi diretti riporti per comunicare le sue decisioni.

Un'altra cosa da fare riguardava il futuro assetto della nuova organizzazione. Ray aveva detto che il reparto marketing sarebbe sparito a livello locale per essere accorpato a livello di Region. Voleva dire che le persone del marketing in Italia non sarebbe più servite. Non aveva senso quindi avviare dei progetti con Elena e il suo reparto e coinvolgerli nelle decisioni se nella nuova organizzazione loro non ci sarebbero stati. Carlo preferiva essere diretto e immediato. Non riusciva a essere ipocrita. Sarebbe stato meglio dire subito a Elena e ai suoi di iniziare a trovarsi un nuovo posto. Non aveva senso aspettare. Certo, Carlo avrebbe potuto attendere la comunicazione ufficiale da parte dell'headquarter e lasciare a loro la responsabilità di gestire questa situazione, che in fondo non aveva deciso lui. Tuttavia vedeva anche l'aspetto più favorevole della sua idea. Immaginava la faccia di Ray quando gli avrebbe detto che lo smantellamento del marketing era già iniziato e il suo stupore nel rendersi conto che Carlo era già avanti rispetto alla strategia che avevano deciso di implementare. Inoltre l'idea di muoversi subito gli sembrava anche corretta eticamente nei confronti di Elena. Era già piuttosto provata dalla situazione ed erano stati molti i momenti negli ultimi mesi in cui Carlo aveva parlato con Raffaella per dirle che il comportamento di Elena non era più tollerabile. Sempre distaccata, sempre pessimista e ormai in totale balia di qualsiasi cosa succedesse. Raffaella gli diceva di comprendere che la situazione di Elena era piuttosto difficile, sia professionalmente che personalmente, e di attendere perché si sarebbe sicuramente ripresa quando la situazione si sarebbe sistemata ma Carlo non vedeva alcun segno nella direzione della ripresa e continuava a pensare che ormai Elena fosse bruciata in questa azienda e che fosse meglio per lei provare a ricominciare altrove. E il momento di farlo era arrivato, come lui aveva previsto.

Carlo decide quindi di parlare con Raffaella prima di convocare tutti.

Raffaella

Raffaella è nel suo ufficio, con la porta chiusa.

Solitamente non chiude mai la porta perché il messaggio che vuole dare all'organizzazione è che il reparto risorse umane è sempre disponibile.

La porta rimane chiusa solo quando è necessario per il rispetto degli ospiti, nei colloqui di selezione, quando lo richiede la riservatezza delle informazioni che vengono discusse, quando qualcuno entra nel suo ufficio per un problema personale oppure quando Raffaella ha bisogno di isolarsi e di riflettere.

Come adesso.

Ha appena finito di parlare con Carlo che le ha comunicato della prossima fusione e delle sue decisioni.

Raffaella è ancora scossa dal peso di tutte le informazioni che Carlo le ha dato e soprattutto dalle conseguenze. Si sente soffocare. Non riesce a definire un punto di partenza. Pensa alla fusione e a come questa impatterà l'organizzazione e contemporaneamente le viene in mente Elena, a cui dovrà comunicare di iniziare a cercarsi un altro posto. Il pensiero di Elena la conduce a Filippo e a tutti i ragazzi come lui, assunti con contratto a termine o interinale, cui dovrà comunicare che non verranno confermati. Poi le ritorna in mente la fusione e pensa a come reagiranno le persone sia in sede che sul territorio. Si chiede come potranno trovare la motivazione per andare avanti come se nulla fosse, in attesa di qualcosa che avrà un impatto su di loro, ma senza che possano fare niente per gestire questo impatto. Tutti in attesa di una valanga che li colpirà indistintamente senza preoccuparsi del loro passato o del loro futuro. Con il solo scopo di creare una nuova distesa di neve, completamente immacolata, da cui usciranno miracolosamente solo le teste di chi è riuscito a sopravvivere.

Raffaella nasconde il viso tra le mani e chiude gli occhi, angosciata. Non sa proprio da dove iniziare. Ma soprattutto non ha voglia di iniziare.

Ha già vissuto una fusione e sa che servirà un solo attimo per cancellare tutto ciò che si è costruito in anni di lavoro. Il clima aziendale, sostenuto con una costante attenzione alla comunicazione delle strategie. La collaborazione tra i colleghi, supportata da workshop, colloqui, progetti di lavoro. La crescita delle competenze, alimentata da percorsi di formazione, piani di carriera, rotazione in ruoli diversi. Tutto questo verrà dimenticato in un istante e le persone la guarderanno con sospetto, chiedendosi che cosa sa che ancora loro non sanno. Le domanderanno a cosa sono serviti tutti i discorsi, gli impegni, le promesse, adesso che nessuno potrà più garantire nulla. Le rinfacceranno che non è servito a nulla impegnarsi al massimo, sacrificando parte della vita privata, per raggiungere un target che non serve assolutamente a nulla. E lei non saprà cosa rispondere.

In ogni incontro e riunione si cercherà di fare finta che niente sia successo, di andare avanti come se nulla fosse, concentrati sui propri obiettivi, ma sapendo benissimo che l'attenzione è sulla fusione, la preoccupazione è su cosa succederà, la motivazione sarà sospesa fino alla ripartenza, per chi ci sarà.

Raffaella sa che questa fase durerà fino a che i giochi non saranno definiti e la nuova organizzazione sarà effettiva. Sa anche che poi le persone rimaste riprenderanno con rinnovata energia a sperare nella nuova visione e a cavalcare le opportunità che l'azienda offrirà davvero. Che ci vorrà del tempo e poi, guardando indietro, le persone vedranno che è stata davvero un'occasione di crescita, che qualcosa è cambiato, che a una porta che si è chiusa corrispondono portoni che si aprono.

Intanto però, il periodo che le si prospetta è quello dell'incertezza, della demotivazione, delle difficili comunicazioni che dovrà sostenere. Raffaella adesso non riesce a guardare oltre. L'ansia e la preoccupazione per ciò che l'aspetta ora sono troppo forti. Non riesce ancora a vivere il cambiamento come un'opportunità. L'opportunità è ancora troppo lontana e incerta per essere davvero motivante. La tristezza e il dispiacere per ciò che deve fare sono vicine, impellenti, inevitabili.

Dovrà parlare con Elena. Comunicarle che il reparto marketing verrà accorpato e che non serviranno più le risorse in Italia. Dovrà sopportare il suo sguardo triste, rassegnato, spento. Dovrà ascoltare in silenzio le lamentele di Elena oppure il suo pianto o il suo sfogo o peggio il suo silenzio. Dovrà essere capace di ascoltarla e consolarla. Poi dovrà trovare la forza per continuare e dirle che hanno preferito comunicarglielo in anticipo in modo che abbia tutto il tempo di cercare un altro posto. Che è ancora giovane e lo troverà sicuramente, magari anche migliore di questo. Che ha tutto il tempo necessario per muoversi senza l'ansia di doverlo trovare a breve. Che ci sarà sicuramente un incentivo e potrà accedere a qualche indennità di disoccupazione fino a che non avrà trovato un altro posto. Che non è assolutamente colpa sua se è stata presa questa decisione ma che le aziende, purtroppo vanno in questa direzione. E mentre sarà costretta a dire queste cose, che sono anche vere, non potrà fare a meno di sentirsi come un boia. Costretta ad azionare la ghigliottina, anche se non è stata lei a definire la condanna. Ma almeno il boia, quello vero, aveva il cappuccio. Il boia non conosceva la vittima. Lei invece, sarà costretta a svolgere un ruolo che non riesce a sopportare, anche se fa parte delle sue mansioni. Prova a consolarsi pensando che, se non lo farà lei, lo farà qualcun altro, magari con meno sensibilità della sua. Che in passato era riuscita a condurre questi colloqui con professionalità e umanità, parlando onestamente e con il cuore in mano. Che le persone poi le avevano detto che non ce l'avevano con lei ma con l'azienda. Ma questa non è più una consolazione. Raffaella è stanca e angosciata. "Perché non viene direttamente Ray a dire a Elena che verrà licenziata? Perché lasciano a me questa incombenza?" pensa Raffaella.

Ma cosa sarebbe cambiato per Elena? Nulla. Lei avrebbe continuato a essere una vittima del sistema e Raffaella non era più in grado di dire se Elena poteva considerarsi responsabile o meno. Se il sistema era così intelligente da colpire chi se lo meritava davvero, in un preciso disegno verso l'evoluzione, oppure se operava a caso, semplicemente per nutrire la sua voracità. E se operava a caso, allora avrebbe potuto colpire anche lei in futuro. Senza alcuna ragione e senza alcun preavviso. E lei non vuole sentirsi complice di un sistema che non ha più alcun rispetto per l'essere umano.

Raffaella non riesce a trovare la forza per muoversi. Le viene da piangere quando pensa che dopo Elena dovrà parlare anche con Filippo.

Il ragazzo non avrà nemmeno la forza di reagire, di chiedere, di arrabbiarsi. Non potrà fare altro che ascoltarla e prendere atto che il suo contratto non verrà confermato. Si chiederà se ha sbagliato qualcosa. Se potrà fare qualcosa per cambiare la sua sorte ma non riuscirà a dire niente di fronte alla direttrice delle risorse umane e al suo capo Matteo, che sarà al suo fianco. E se anche riuscisse a dire qualcosa, loro potranno solo ascoltare, abbozzare, spiegare. Ma nulla potrà essere cambiato.

Lei guarderà gli occhi di questo ragazzo, giovane, umile, inerme e le verrà in mente l'espressione dei suoi bimbi quando guardano il dvd di Bambi e la mamma viene uccisa dal cacciatore. "Vedrete che Bambi si riprenderà e diventerà grande, anche senza la sua mamma". "Vedrai che il ragazzo si riprenderà e diventerà grande, anche senza questo lavoro".

"Ma perché devo essere io il cacciatore?" pensa con angoscia Raffaella.

Che messaggio lasceranno a questo ragazzo che si è sempre impegnato, è sempre stato sorridente e disponibile, ha fatto con passione e diligenza ciò che gli veniva richiesto di fare? Che cosa penserà di loro? Delle aziende?

Raffaella proprio non riesce a trovare la forza di agire. Vorrebbe solo andarsene a casa e perdersi nella spensieratezza dei suoi bimbi. Prendersi un'aspettativa di qualche mese e tornare quando tutto sarà finito. Quando finalmente si potrà tornare a parlare di sviluppo, di crescita, di assunzioni.

Non riesce a immaginare come farà per condurre questi colloqui. Ha bisogno di confrontarsi con Andrea, che spesso riesce a farle tornare il sorriso anche nelle situazioni più difficili. Lo chiamerà più tardi. Adesso ha solo bisogno di distrarsi e di un caffè.

Esce dal suo ufficio e si dirige verso la zona break. Cammina lentamente mentre cerca di trovare la compostezza che il suo ruolo le impone. Entra nella sala break e si accorge che c'è Filippo, intento a parlare con alcuni colleghi.

Filippo la vede, le sorride e la saluta. L'ha sempre trovata simpatica.

Raffaella si blocca e si sente raggelare. Vorrebbe tornare nel suo ufficio ma non si può più tornare indietro.

Lo saluta anche lei ma proprio non riesce a sorridere perché a stento riesce a respirare. Lo guarda e le sembra di non riuscire a nascondere la tristezza e l'angoscia che sente salirle fino al petto, fino a bloccarla. Adesso non riesce proprio a sorridere. Vorrebbe solo poter sparire. Vorrebbe solo poter fare un altro mestiere.

FUTURO

Tommaso

Tommaso è un bambino di dodici anni sveglio e curioso. Con un nome così, come potrebbe essere altrimenti…

Entra in cucina dove la mamma sta preparando la cena e le dice: «Mamma, ho letto il libro che era sul tuo comodino e che si chiama "AL DIAVOLO IL TARGET"».

«Hai letto quel libro?» chiede la mamma sorpresa. «Ma quello non è un libro per bambini».

«L'ho capito dopo. Pensavo fosse un libro di avventure perché c'era il diavolo e credevo che il target fosse il nome di un supereroe» ribatte Tommaso un po' imbarazzato. «E poi ho sentito che ne parlavi con papà ed ero curioso».

«E ti è piaciuto?» chiede la mamma sorridendo.

«Non lo so» dice pensieroso Tommaso. «Ci sono tante cose che non ho capito?».

«Cosa non hai capito» chiede allora la mamma.

«Ma Filippo viene licenziato alla fine?» domanda preoccupato Tommaso.

«Penso di sì» dice la mamma con un leggero velo di tristezza.

«Ma non era colpa sua!» esclama Tommaso alzando la voce.

«Non è questione di colpa. È che lui aveva un contratto che permetteva di licenziarlo».

«Cosa vuol dire?».

«Che l'impegno che avevano preso lui e l'azienda era temporaneo e che alla scadenza del contratto, appunto, Filippo non avrebbe più lavorato lì».

«Ma lui voleva continuare a lavorare lì» incalza Tommaso.

«Sì» risponde sommessamente la mamma, «ma lì non c'era più la possibilità di lavorare».

Tommaso rimane pensieroso per un po' e poi chiede: "Ma Ray conosceva Filippo di persona?».

La mamma sembra non capire e chiede: «Ray?».

«Il capo di tutti. Quello che vive nell'headquarter!» ribatte Tommaso, felice di ricordare qualcosa che la mamma aveva dimenticato.

«Non credo lo conoscesse di persona» gli dice la mamma. «Perché?».

«Ma se lo conosceva lo licenziava lo stesso?» chiede nuovamente Tommaso.

«Si dice "se lo avesse conosciuto, lo avrebbe licenziato?"» prova a correggere la mamma.

«Sì, lo avrebbe licenziato lo stesso?» incalza Tommaso.

«Non lo so Tommaso» risponde la mamma. «Forse, se lo avesse conosciuto di persona, avrebbero potuto parlare e magari non lo avrebbe licenziato. O forse lo avrebbe licenziato lo stesso anche se lo conosceva. Comunque non è una questione di conoscenza o meno. Le aziende assumono o licenziano a seconda delle esigenze».

Tommaso riflette su questa risposta. Alza gli occhi, quasi a immagazzinarla in qualche parte del suo giovane cervello e poi riprende a guardare la mamma con aria interrogativa.

«Perché è così importante raggiungere il target?» chiede poi.

«Perché se non si raggiunge il target non si possono pagare le spese per mandare avanti l'azienda» risponde la mamma. Poi guarda Tommaso e dalla sua espressione capisce che il concetto non è passato.

Allora poggia sul pianale le posate che stava usando per preparare la cena, si asciuga le mani sul grembiule e si siede, guardando Tommaso negli occhi.

«Anche nella nostra famiglia abbiamo un target. Tu sai che dobbiamo pagare la spesa, i libri di scuola, la tua iscrizione al calcio e quella di tua sorella alla ginnastica. Sai che compriamo dei vestiti e che ogni anno andiamo in vacanza. E poi ci sono tante altre spese che facciamo ogni giorno. In più io e papà cerchiamo ogni mese di risparmiare dei soldi che potrebbero servirci in futuro. Ecco: la somma di tutti questi soldi puoi chiamarla target. E se noi non guadagnassimo tanti soldi quanto è il target, allora dovremmo rinunciare a qualcosa».

La mamma guarda Tommaso sentendo di essere stata abbastanza chiara, ma aspettando un suo cenno di comprensione.

Tommaso riflette e poi chiede: «Ma il target si può abbassare?».

«Certo che si può abbassare» risponde la mamma, «ma vorrebbe dire rinunciare a qualcosa. Tu saresti disposto a non giocare più a calcio?».

«Ma perché devo essere io a rinunciare a qualcosa!» si arrabbia Tommaso. «Non è giusto! Tu dici sempre che tutti in famiglia devono contribuire. Allora anche Arianna deve smettere di andare a ginnastica!».

«Era un esempio Tommaso, non ti arrabbiare» cerca di calmarlo la mamma. «Hai ragione. Se io e papà dovessimo guadagnare di meno sceglieremmo insieme a cosa rinunciare. Ma adesso per fortuna non dobbiamo rinunciare a niente. Era per spiegarti come funziona il target e a cosa serve».

Tommaso la guarda ancora un po' preoccupato, pentendosi di aver parlato del target perché inizia a pensare che sia una fregatura soprattutto per lui, anche se ancora non capisce bene il meccanismo.

Poi, lo sguardo sorridente della mamma lo tranquillizza e Tommaso riprende a pensare al target e alla storia che ha letto. «Ma allora anche in azienda tutti potevano rinunciare a qualcosa e non licenziare Filippo!?» esclama Tommaso, come se avesse avuto un'illuminazione.

«Avrebbero potuto rinunciare» prova ancora a correggere la mamma, un po' scoraggiata. «Sì, avrebbero potuto. Ma nelle aziende è più complicato di quando succede in famiglia» commenta con un sospiro la mamma.

Tommaso ascolta.

Riflette e immagazzina, cercando di trovare un senso a ciò che gli viene detto senza fare altre domande. Tanto sa che quando i grandi dicono che è complicato è perché non vogliono spiegarti come stanno le cose.

Tommaso storce la bocca, dimostrando chiaramente di non essere pienamente convinto, e poi, come solo i bambini sanno fare, sembra illuminarsi di un diverso pensiero e spiazza sua mamma con una nuova domanda: «A te lo danno il bonus?».

«Il bonus?» chiede la mamma sorpresa.

«Sì il bonus. Quello con cui Bill vuole comprare la piscina».

«Sì, a volte è capitato che mi abbiano dato un bonus ma non ti esaltare» lo mette subito in guardia la mamma, «col mio bonus non possiamo certo comprarci la piscina. Al massimo un regalino per Natale».

«Perché? Quanto ti danno di bonus?» incalza Tommaso.

«A parte il fatto che non è detto che me lo diano» riprende la mamma, «con il bonus potremmo comprarci al massimo le scarpe da calcio che abbiamo preso lo scorso anno e che tra l'altro costavano un botto, mannaggia a te…» conclude la mamma abbracciando Tommaso e spettinandogli i capelli.

«E a Bill quanto danno?» Tommaso è uno che non molla!

«Ma che ne so Tommy… Potrebbero anche dargli duecento volte più di me» spiega amareggiata la mamma. Amareggiata perché questa proporzione non gli è uscita per caso. Aveva letto una statistica sulle differenze tra i top manager e i semplici dipendenti come lei e forse la proporzione era anche maggiore di duecento volte.

«Wow!!!» esclama Tommaso! «Come i calciatori che prendono un sacco di milioni».

«Esatto» commenta amara la mamma, «come i calciatori».

«Anch'io da grande voglio fare il lavoro di Bill» riprende sognante Tommaso.

«Ed è per questo che devi andare bene a scuola!». Ormai la mamma ha imparato a sfruttare ogni assist...

Tommaso si ferma e non riesce a capire come sia potuto cadere in questa trappola. Allora si divincola dalla mamma, cercando un appiglio per non farsi mettere all'angolo. «Io però non voglio diventare come Carlo, che vive lontano dai suoi figli ed è sempre arrabbiato! Anche lui è andato a scuola!» e mentre lo dice a Tommaso vengono in mente i lottatori di un gioco della play station, quando quello che sembra in svantaggio riesce con un colpo di reni a rovesciare il suo avversario e saltargli addosso.

La mamma però non abbocca e risponde con una delle frasi che lei e papà usano sempre: «Sei tu il padrone del tuo destino, Tommaso. Sceglierai tu cosa vorrai fare da grande». E Tommaso aspetta con il capo chino la parte finale della frase che ormai conosce a memoria «In ogni caso per ora bisogna andare a scuola».

Tommaso lascia che la mamma lo guardi e aspetta in silenzio. Ha imparato che in questi casi non serve rispondere. Rimane in silenzio e ripensa alle altre cose che non gli sono chiare del libro.

«Mamma».

«Dimmi tesoro» risponde la mamma che nel frattempo si è alzata ed è tornata a preparare la cena.

«Ma in azienda ci si può riposare se uno è stanco?».

«Perché me lo chiedi?».

«Perché Loredana dice che è stanca e che non ce la fa più e che le vogliono togliere il sangue!» esclama Tommaso.

«È un modo di dire, Tommaso. Nessuno ti toglie il sangue se non vuoi. Di sicuro al lavoro ci si stanca, soprattutto se ne fai uno che non ti piace, ma di certo non puoi metterti a dormire mentre sei al lavoro» risponde distrattamente la mamma. Tommaso ascolta, riflette e rimane in cucina. Segno che ci sono ancora delle domande, pensa sorridente la mamma, dandogli le spalle.

E in effetti, dopo pochi secondi: «Mamma, chi sono i fancazzisti?».

«I fancazzisti?!» si irrigidisce la mamma cercando di ricordare dove si trova quella parola nel libro e perché non le sembra di aver provato fastidio mentre la leggeva.

«I fancazzisti! Quelli che Carlo vuole eliminare!» spiega Tommaso, provando la stessa sensazione di gioia nell'aver trovato ancora una cosa che la mamma non ricordava.

«Ah, quelli!» risponde la mamma sollevata. «Sono i fannulloni. Le persone che non hanno mai voglia di fare niente e cercano di evitare anche quello che è un loro compito» e poi girandosi con un sorriso verso Tommaso, «come te e tua sorella, quando non mi aiutate a sparecchiare o non rifate il letto come avevamo deciso».

"E rieccoci!" pensa Tommaso. Quel cavolo di libro comincia proprio a stargli sulle scatole!

Lui non si sente un fancazzista. Solo che la mamma chiede di fare delle cose che sono davvero noiose! Che cosa ci sarà di bello nello sparecchiare o nel rifare il letto? E poi la mamma glielo chiede sempre quando lui sta facendo altro.

Ogni tanto il letto lo aveva rifatto ma aveva deciso lui quando farlo. E la mamma gli aveva detto che era stato bravo.

Poi però gli aveva fatto vedere come avrebbe dovuto infilare il piumone sotto il materasso, per non farlo toccare in terra, dove si sarebbe sporcato, e in quel momento Tommaso aveva pensato che non avrebbe mai più rifatto il letto perché tanto la mamma non era mai contenta.

Forse i fancazzisti erano obbligati a fare cose che non gli piacevano oppure c'era sempre qualcuno che diceva che qualcosa non doveva essere fatto così ma in un altro modo e allora magari avevano ragione di non fare più nulla...

Boh, pensava Tommaso, dubbioso.

In realtà quando aiutava la mamma a sparecchiare e lei gli diceva che era bravo, lui si sentiva felice perché le aveva dato una mano e la mamma era contenta. E non gli piaceva sentirsi dire che era un fancazzista!

Su questo concetto doveva ancora riflettere…

«Mamma, perché in azienda non si dicono la verità?».

«In che senso Tommaso?» chiede la mamma.

«Quando hanno fatto la riunione con Carlo a volte pensavano una cosa ma poi ne dicevano un'altra. Anche Filippo lo dice che fanno finta di essere amici ma si parlano alle spalle» spiega Tommaso. «Tu dici che è sempre meglio dire la verità. Perché non lo fanno anche loro? Che poi tanto non sono contenti lo stesso!».

La mamma è costretta a fermarsi a riflettere perché questo è un punto importante. Sulla verità non si scherza.

«A volte anche i grandi hanno paura di dire la verità, Tommaso» inizia a spiegare. «Può essere che abbiano vergogna o paura delle conseguenze. A volte dire la verità può ferire qualcuno e allora è meglio non dire niente. A volte la verità ti fa arrabbiare. Nella storia che hai letto probabilmente la verità la sapevano ma tanto non si poteva cambiare la situazione».

«Sì, ma tanto la situazione non è cambiata lo stesso» irrompe impaziente Tommaso, «e hanno detto di non preoccuparsi se non raggiungevano il target ma poi erano arrabbiati; dovevano dire a Ray che non era colpa loro ma non l'hanno detto e allora hanno dato la colpa a Elena che non c'entrava niente! Allora perché quando litigo con Arianna ci dici sempre di dire la verità perché così ci sentiremo meglio e che non serve cercare di chi è la colpa?».

La verità…

La verità è che ha ragione Tommaso, pensa la mamma. La verità è che in azienda, ma non solo, la gente non è mai totalmente sincera, aperta, onesta. La verità è che spesso, per sopravvivere, è meglio mentire a se stessi e agli altri, accontentandosi di mezze verità e giustificazioni. Dire la verità in azienda spesso ha più contro che pro. La verità è che in azienda, come nel mondo, ci sono i buoni, gli onesti, gli altruisti, ma ci sono anche i cattivi, i disonesti, gli egoisti e purtroppo gli interessi delle aziende favoriscono i comportamenti di questi ultimi e tutelano poco i comportamenti dei primi. Il sistema non aiuta i buoni a prevalere. La verità è che c'è anche chi finge di agire in base ai valori socialmente più elevati ma in realtà è motivato solo dal potere, dall'immagine, dalla vanità. È questa la verità, pensa la mamma con tristezza.

«Hai ragione Tommaso» dice guardandolo negli occhi. «C'è gente che non dice la verità e quelli del libro hanno sbagliato a non farlo. Non dobbiamo valutarli male però, perché magari c'erano delle ragioni che noi non conosciamo. Se capita a noi dobbiamo provare a essere sinceri, cercando di non ferire le altre persone e trovando il modo di dire la verità senza arrabbiarci. Noi non possiamo cambiare gli altri, Tommaso, ma possiamo scegliere come comportarci. Io ti dirò sempre la verità e spero che tu farai così con me». E con questo la mamma conclude, sapendo che non può bastare a un bambino di dodici anni ma credendo che sia la cosa più giusta da dire.

Tommaso la guarda. E si accorge che la mamma ha gli occhi lucidi e lui non vuole che la mamma stia male.

Allora si ricorda di un altro episodio del libro che lo aveva fatto ridere perché era capitato anche a loro e chiede: «Mamma, quando balliamo in macchina, anche tu speri che le persone nelle altre macchine ci vedano e ci facciano segno che hanno capito?».

La mamma ricorda benissimo quella parte del libro perché anche a loro succedeva spesso di cantare e di ballare in macchina ascoltando la musica. E anche lei, come Tommaso, aveva sorriso nel leggere che non erano gli unici a sentirsi pazzi e felici nel farlo.

La mamma guarda Tommaso e un sorriso spontaneo si mischia alle lacrime che non riesce a trattenere del tutto. «Sì, Tommaso, anche a me farebbe piacere se gli altri ballassero con noi».

Tommaso è felice perché è riuscito a far ridere la mamma. E se la mamma ride vuol dire che è contenta e a lui viene voglia di farla diventare ancora più contenta.

«Quando sarò grande costruirò un'azienda in cui tutti si conoscono e il target lo decidiamo tutti insieme e se non lo raggiungiamo non è colpa di nessuno, come ci dice l'allenatore quando perdiamo la partita, ma dobbiamo solo trovare il modo per fare meglio la prossima volta».

La mamma sorride.

«E i fancazzisti non li vogliamo!» urla trionfante Tommaso.

«Bravo Tommaso. Sono orgogliosa di te!». La mamma lo abbraccia stampandogli un bacio in fronte. «E sai cosa serve per costruire l'azienda che vuoi tu?».

«No».

«Che tu vada a finire i compiti...».

«Uuufffff...».